D1753900

Kathrins Dorfgeschichten

Gestaltung und Text Karina Beuck für das Museumsdorf Volksdorf

Illustrationen Joanna Hegemann und Friedrich Beyle

ISBN 978-3-9816317-0-8
Verlag Joachim Pohlmann
Hamburg 2013

2

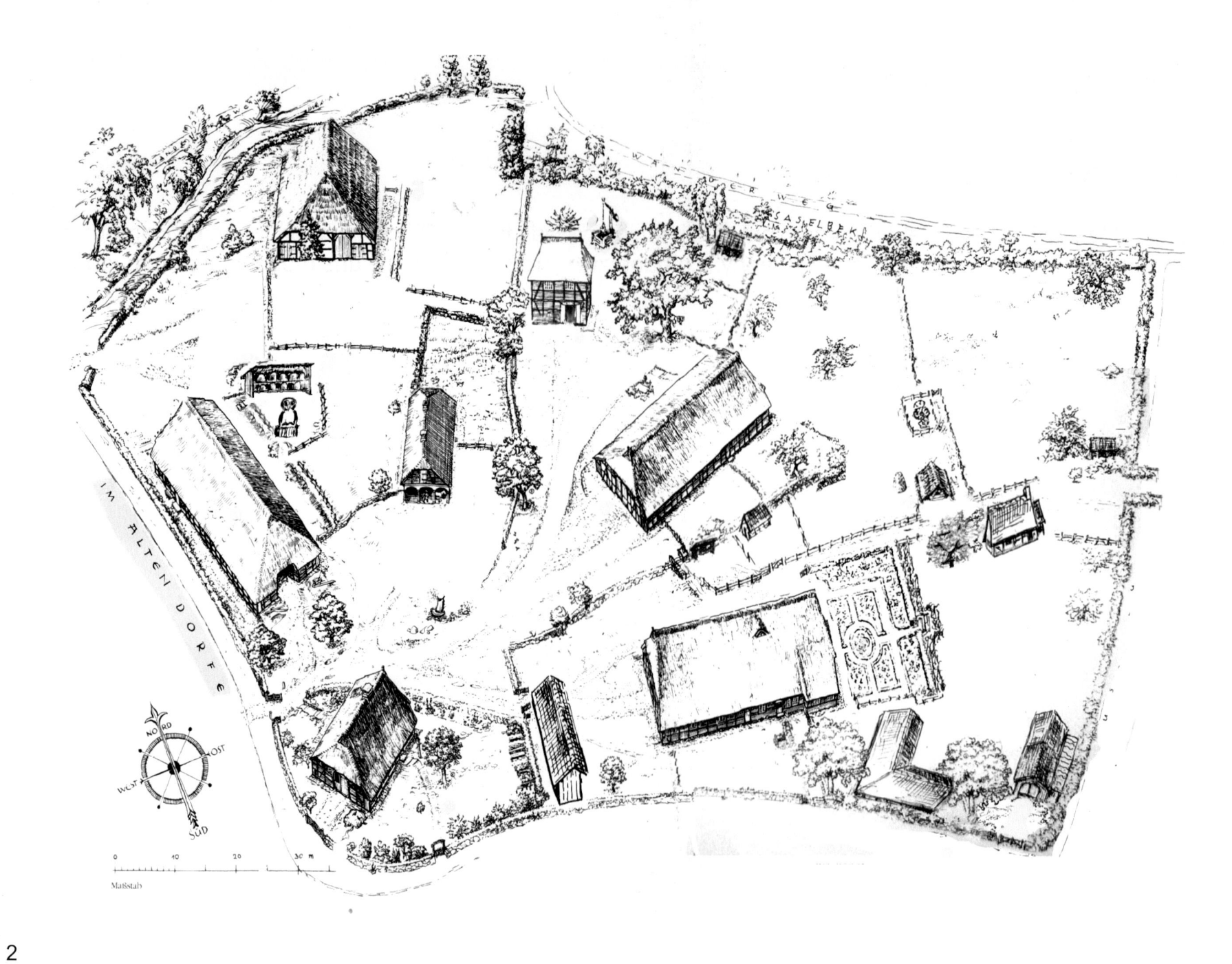

Geschichten aus dem alten Dorf

Hallo, ich heiße Kathrin. Ich bin sechs Jahre alt und wohne mit meiner Familie in einem kleinen Dorf in der Nähe einer großen Stadt. In unserem Dorf gibt es einige Bauernhöfe und in einem davon leben wir zusammen mit unseren Tieren. Unser Haus wird das Spiekerhus genannt. Stellt euch vor, was für ein Glück ich habe, denn im Harderhof gleich nebenan wohnt meine beste Freundin Jenny. Ich habe zwei große Brüder, die uns manchmal ärgern, aber

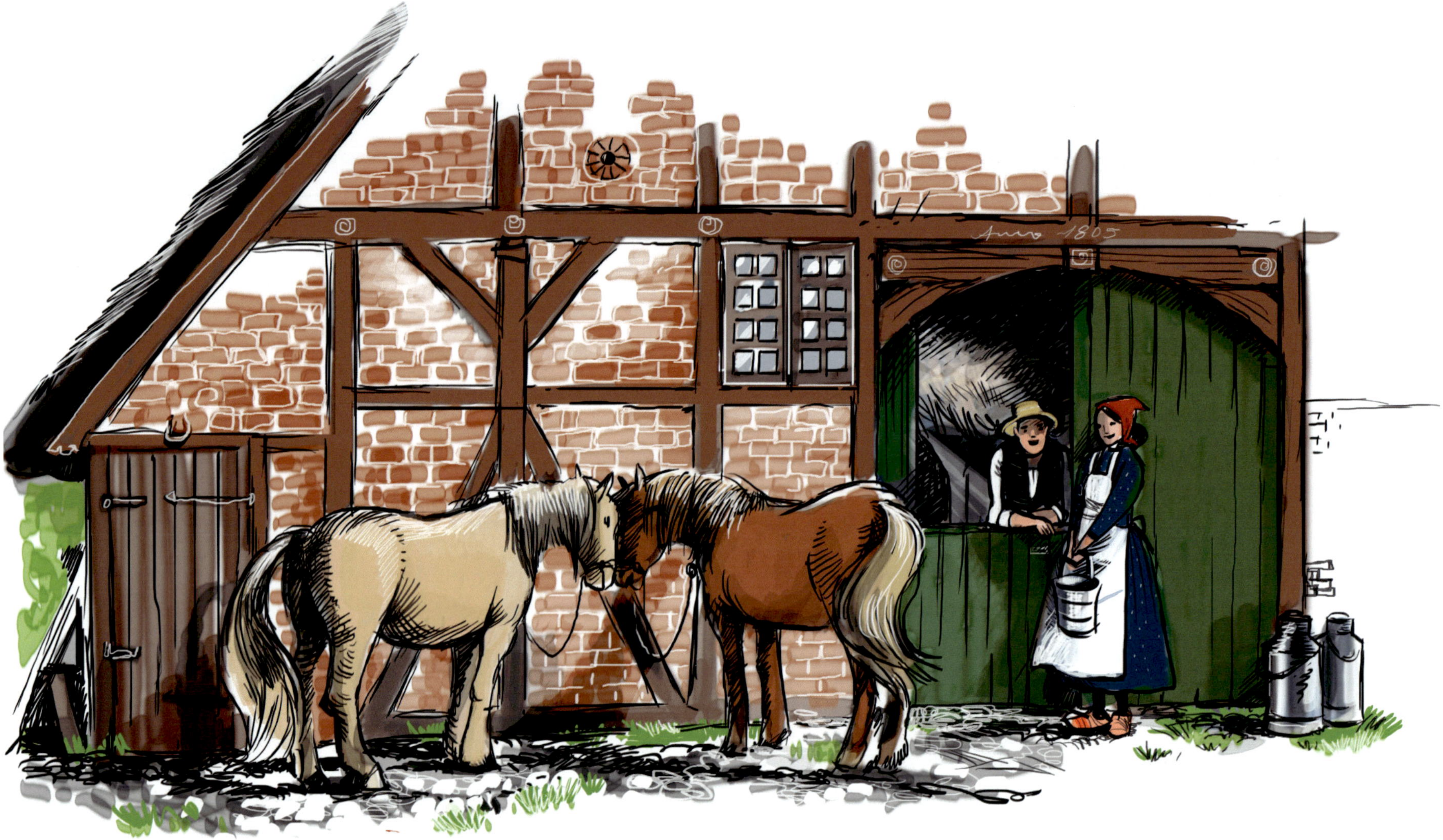
Anno 1805

meistens lassen sie uns in Ruhe. Sie heißen Carl und Lorenz. Am liebsten würden wir alle den ganzen Tag spielen, aber dauernd heißt es: „Nun geht mal Futter für die Kaninchen suchen", oder „pflückt mal ein paar Kräuter für die Ziegen", und im Herbst, „Es liegt so schönes trockenes Laub, das könnt ihr als Einstreu sammeln." Also holen wir den Bollerwagen heraus und ziehen los, die Rehmen entlang, bis wir genügend Klee, Löwenzahn und sonstiges Essbares für die Tiere gefunden haben und der Bollerwagen voll ist. Natürlich spielen wir dabei auch immer ein wenig, mal bin ich das Pferd und manchmal Jenny. „Verflixter Gaul, willst du wohl laufen", schreien wir. Fluchen darf man eigentlich nicht, aber die Kutscher tun das ja alle. Kutscher dürfen wohl ein wenig mehr fluchen als andere Leute, wenn die Pferde nie das tun wollen, was sie von ihnen verlangen. Unsere Pferde heißen Urson und Umberto, die sind meistens brav, Umberto vielleicht nicht ganz so wie Urson.

Dafür lässt er einen aber auf seinem Rücken sitzen. Urson mag es gar nicht, wenn jemand größer oder höher ist als er. Dann fängt er an zu scheuen und zu bocken, aber das macht nichts, sagt Daniel, der Pferdeknecht. Schließlich ist er ein Ackergaul und kein Reitpferd. Er soll seine Arbeit im Wald und auf dem Feld machen. Daniel steht um halb fünf auf, um die Pferde zu füttern, damit sie vor der Arbeit in aller Ruhe ihr Heu und ihren Hafer fressen können. Auch unsere Mägde Fenja und Biike müssen so früh aus ihren Kutzen heraus. Biike geht gleich zum Melken zu den Kühen hinüber. Die Kühe werden immer zuerst versorgt, dafür geben sie uns jeden Tag Milch. Fenja bläst das Feuer in der Herdstelle an und legt Holz und Torf auf. Dann röstet sie die Gerste für den Kaffee und mahlt Buchweizen mit der Querne. Anschließend kocht sie einen großen Topf Buchweizengrütze oder Milchsuppe für Mutter, Vater, die Großeltern, Biike, Daniel, meine Brüder Carl und Lorenz, und mich.

Wehe, wenn das Feuer ausgegangen ist über Nacht. Dann muss Fenja mit Stahl und Stein Funken schlagen, einen Funken in einem Zunderstück auffangen und anblasen, bis es eine kleine Flamme gibt. Darauf legt sie ein

MANNSCHAFTSWAGEN

FEUERHORN

FEUERPATSCHE

WASSERWAGEN

paar trockene Nadeln oder Halme und dann dürre Zweige, die schnell anfangen zu brennen. Vom Pusten hat sie einen ganz roten Kopf bekommen. Das ist eine mühselige Sache und kann sehr lange dauern, deshalb deckt sie am Abend das Feuer immer gut ab. Danach stellt sie die Feuerstülpe darüber, damit die Katzen sich nicht zu nah an die warme Glut legen. Katzen lieben nämlich Wärme und wenn sie sich mit der Glut den Schwanz ansengen und vor Schreck damit durchs ganze Haus rennen, nicht auszudenken, wenn sie es damit in Brand setzten. Davor haben wohl alle Bauern große Angst. Die Großmutter hat uns im Winter in der Spinnstube schon mal erzählt, dass sie als Kind miterlebt hat, wie in der Nachbarschaft ein Hof abgebrannt ist.

Großmutter Auguste erzählt

Wenn die Großmutter am Spinnrad sitzt und spinnt, erzählt sie uns manchmal Geschichten von früher. Großvater sitzt auch dabei. Er raucht seine Pfeife und sagt hin und wieder: „Ja, so war das damals, ja ja", und manchmal strickt er dabei. Strümpfe, das hat er als Junge beim Schafe und Kühe hüten gelernt. „Wenn wir im Sommer nicht fleißig gestrickt haben, mussten wir im Winter ohne Socken herumlaufen", sagt er. „Dann haben wir unsere eisigen Füße manchmal in den frischen warmen Kuhfladen aufgewärmt." „Brrr", ich schüttele mich. Das mag ich mir gar nicht vorstellen, armer Großvater. Die anderen Männer schnitzen Löffel oder sonstige brauchbare Sachen. Nur Vater ist noch in der Klüterkammer und repariert für morgen irgendetwas. Er sagt, dass er die Geschichten schon kennt und die Arbeit für ihn wichtiger ist.
Alle sitzen dann ganz still mit ihren Abendarbeiten da, nur ich gebe es bald auf, die Wolle mit der Handspindel, die Mutter mir zum Üben gegeben hat, zu einem schönen gleichmäßigen Faden zu spinnen. Wenn mir die Spindel auf den Boden fällt gibt es jedes Mal ein Gepolter und außerdem reißt mir bei dem schlechten Licht sowieso dauernd der Faden. Deswegen höre ich jetzt lieber der Großmutter zu: „Als ich noch ein Mädchen war, wachte ich einmal mitten in

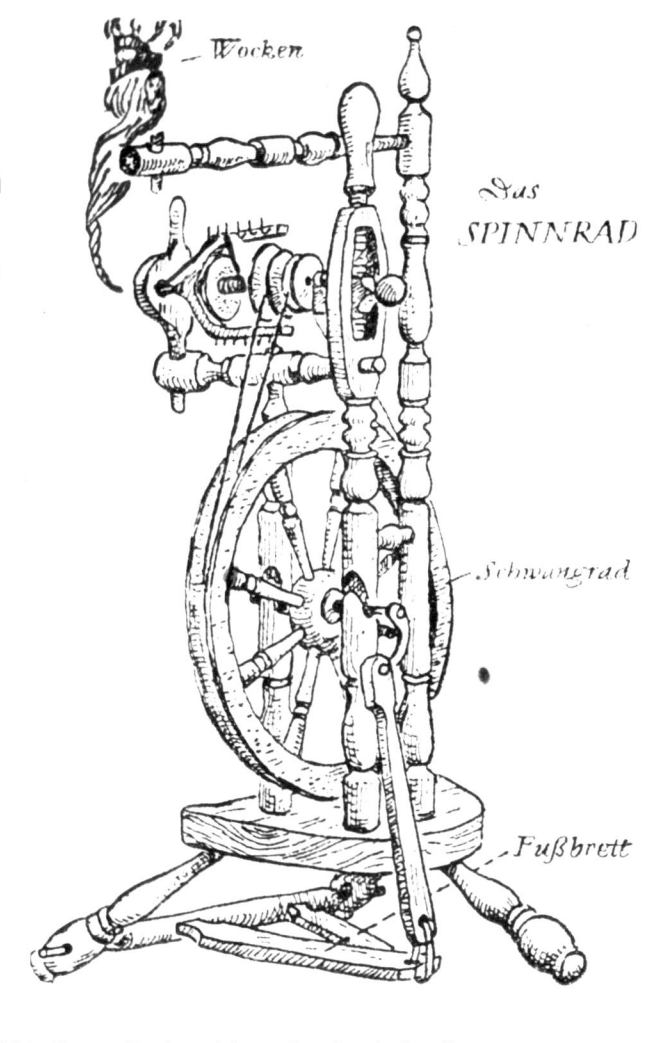

der Nacht von ganz viel Lärm und einem hellen Schein auf. Ich hörte ein Horn blasen und Geschrei und dann kam auch schon unsere Mutter hereingestürzt und holte uns Kinder aus der Kutze. „Zieht euch schnell an, es brennt bei den Nachbarn", sagte sie, „die Älteren helfen den Kleinen. Ihr bleibt hier in der Döns, bis ich euch etwas anderes sage." Damit war sie auch schon wieder zur Stubentür hinaus. Wir zogen uns blitzschnell an und schauten dann ängstlich aus dem Stubenfenster hinüber zu den Nachbarn. Dort stand das Strohdach schon in Flammen und wir sahen, dass ein anderer Nachbar die Pferde angespannt hatte, um damit den Spritzenwagen zu holen. Die Männer gaben das Löschen aber bald auf und bespritzten stattdessen das Dach der Scheune mit Wasser, damit es nicht auch zu brennen anfing. Auf unser Dach stiegen einige junge Männer aus dem Dorf. Dort schlugen sie mit Patschen auf die herüberfliegenden Funken. Zum Glück standen zwischen unserem und dem brennenden Hof einige große Linden. Die fingen mit ihrem Laub eine Menge Funken ab. Die Kinder von drüben wurden zu uns hereingebracht. Sie waren ganz erschrocken und still.

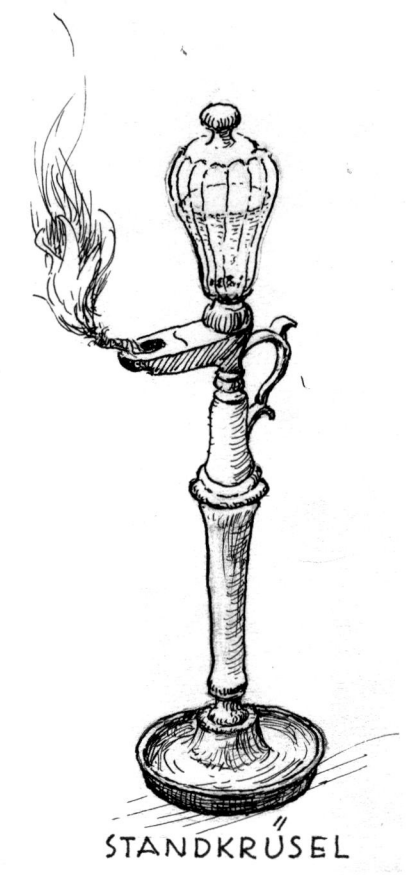

Wir konnten sehen, wie sie aus dem Nachbarhaus Truhen und das Vieh herausbrachten. Die Knechte holten die Pferde aus dem Stall und die Kühe. Die dummen Rindviecher rissen sich aber immer wieder los und rannten voll Schrecken in ihren Stall zurück. Als es endlich hell wurde, war der Nachbarhof völlig

STANDKRÜSEL

abgebrannt und nur einige Balken ragten noch gespenstisch in den Himmel."
„Jaja, so war das", sagt Großvater wieder und nimmt ein paar Züge aus seiner Pfeife. Alle haben voll Spannung zugehört und dabei fast das Arbeiten vergessen. Mutter holt neue Kienspäne und setzt den Krüsel wieder in Gang, der inzwischen ausgegangen ist. „Nun ist aber Schluss mit den alten Geschichten, Kathrin muss jetzt zu Bett."
Ich schlüpfe in meine Kutze, bin aber viel zu aufgeregt, um gleich einzuschlafen: „Meinst du, dass unser Hof auch abbrennen kann?", frage ich. „Nein, wir haben doch den Donnerbesen vorn am Haus, der schützt vor Blitzschlag und wir passen ja alle gut auf mit dem Feuer. Nun schlaf schnell ein, morgen wollen wir alle ganz früh auf den Acker zum Rüben verziehen, da musst du ausgeschlafen sein. Gute Nacht, schlaf schön und vergiss dein Nachtgebet nicht."
„Lieber Gott, mach mich fromm, dass ich in den Himmel komm, Amen", bete ich und höre noch eine Weile nebenan das Surren der Spinnräder. Bei dieser beruhigenden Melodie schlafe ich ein.

ANN MORGEN HARR'N SE
IN EHR PÜTT - BOKWETEN GRÜTT

10

Wir verziehen Rüben

Am nächsten Morgen werde ich in aller Frühe geweckt: „Auf, du Schlafmütze, die Arbeit wartet!" Ich springe aus dem Bett, ziehe mir Kleid und Schürze und die Holzpantinen an und renne zu Fenja an die Herdstelle. Die anderen sitzen alle schon am großen Tisch und essen. Fenja gibt mir einen Becher mit Malzkaffee und Milch. Damit setze ich mich an meinen Platz und esse eine große Portion insnieden Grütt. So heißt bei uns die Buchweizengrütze vom Vortag, wenn sie in warmer Milch aufgewärmt ist.

Kaum habe ich aufgegessen, geht es auch schon los auf den Rübenacker. Der ist sehr groß, deshalb bin ich froh, dass außer meinen Brüdern auch Jenny und unsere Freundinnen Friederike, Leonie und Linea vom Wagnerhof mithelfen, dann wird es nämlich nie langweilig. Wir sagen uns, während wir beim Rübenverziehen auf den Knien herumrutschen, immer Sprüche, kleine Verse und Zungenbrecher vor. Friederike fängt an: „Ich und du, Müllers Kuh, Müllers Esel, das bist du!", sagt sie zu Carl, der neben ihr arbeitet. Carl macht weiter: „Es gibt nicht so viele Tage im Jahr, wie der Fuchs am Schwanz hat Haar", „Zwischen zwei Zwetschgenzweigen zwitscherten zwei Schwalben", kommt nun von Lorenz. „Eins zwei drei, Butter auf den Brei, Salz auf den Speck, du musst weg", sage ich zu Jenny. „Morgen muss meine Mutter Milchmus machen", antwortete sie prompt und wir müssen alle lachen.

„Jetzt spielen wir das Echospiel", sagt sie und fängt gleich an: „Was isst Herr Meier?" „Eier", antworte ich und so spielen und arbeiten wir bis zur Mittagspause. Da werfen wir uns in das feuchte Gras am Knick und essen mitgebrachte Butterbrote und trinken

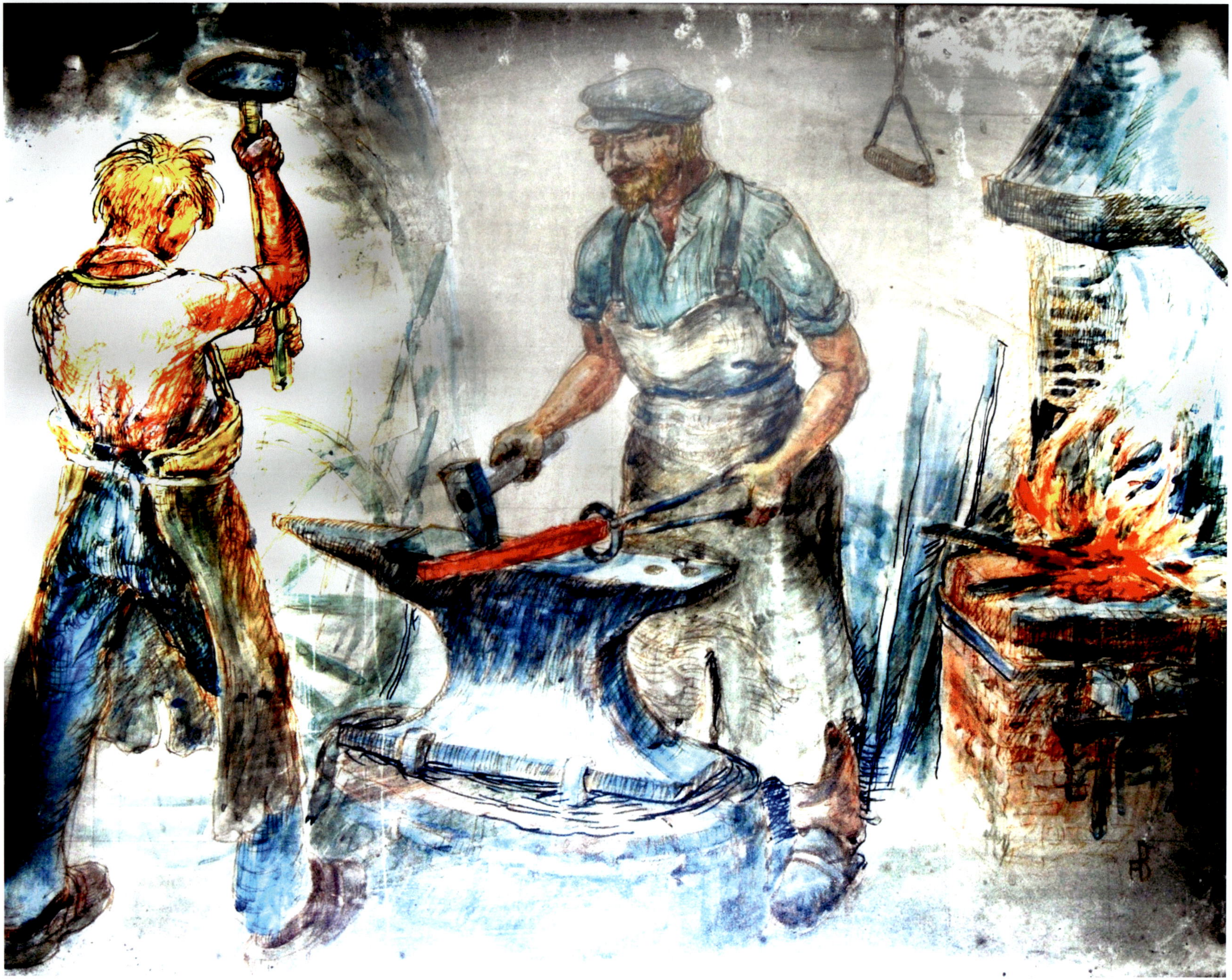

Wasser mit Saft aus Milchkannen bis die Pause zu Ende ist und es weitergeht mit dem Rübenverziehen bis zum späten Nachmittag. Der feuchte Ackerboden klebt uns an Fingern, Füßen und Schuhen und wir laufen alle zum Moortümpel, um uns sauberzumachen. Einer von den Hilfsknechten, der neu ist im Dorf, gerät dabei über die flache Kante. Er hat wohl nicht gewusst, dass der Tümpel da drei Mann tief ist. Wären nicht so viele helfende Hände da, um ihn herauszuziehen, hätte er da glatt im Moor versinken können.

Zu Hause angekommen gibt es ordentlich zu essen. Milchsuppe und Bratkartoffeln mit Grützwurst. Danach gehen wir alle früh zu Bett, denn am nächsten Tag geht es mit der Arbeit gleich weiter.

Die Dorfschmiede

In unserem Dorf gibt es auch eine Schmiede. Dort arbeitet Egbert, der Schmied. Er sieht oft etwas finster aus und ist ziemlich stark, deshalb haben einige Kinder Angst vor ihm. Ich habe keine Angst, denn er ist doch Jennys Vater. Er hat einen Gesellen, der Robert heißt. Robert muss den großen Blasebalg bedienen, der in der Schmiede hängt. Damit facht er die Glut an, mit der das Eisen warm gemacht wird. Egbert und Robert machen zusammen alle Reparaturen an eisernen Dingen, die im Dorf nötig sind. Riegel und Schlösser, Teile für Wagen und Ackergeräte. Die Frauen kommen sogar mit ihren Kochtöpfen in die Schmiede, um sich einen neuen Henkel daranmachen zu lassen. Egbert schwatzt gern ein wenig mit den Leuten und wenn er lacht, dann sieht man, dass er eigentlich gar nicht so finster ist, wie man denkt.

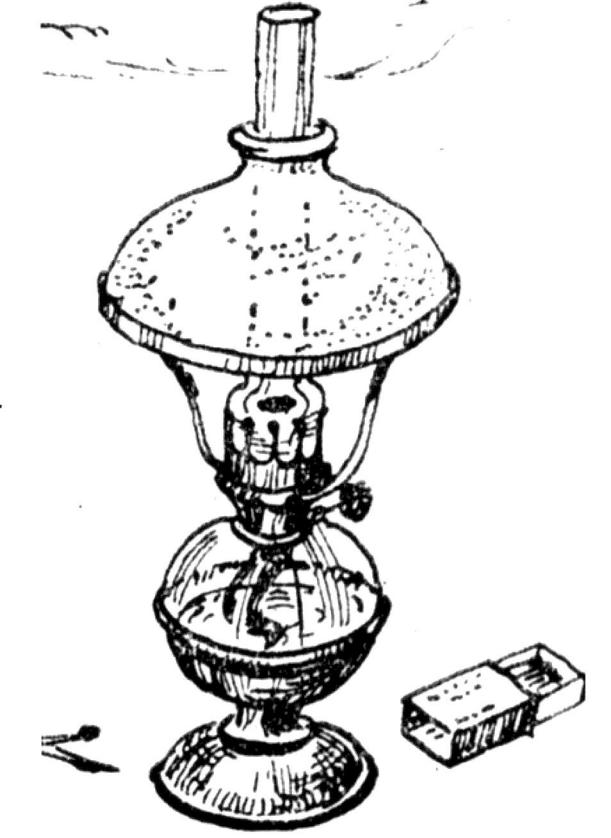

Heute ist etwas sehr Aufregendes passiert. Egbert ist mit einer neuen Art von Licht aus der Stadt nach Hause gekommen. Petroleumlampe heißt es. Gespannt schauen wir alle zu, wie er den Docht zu einem kleinen Kreis zusammenfügt und in die Lampe hineinfummelt. Danach gießt er in das Glasgefäß Flüssigkeit aus einer Kanne: „Das ist das Petroleum", erklärt er, „es riecht nicht so gut, aber ihr werdet gleich alle sehen, was für ein schönes Licht das

Petroleumlampe

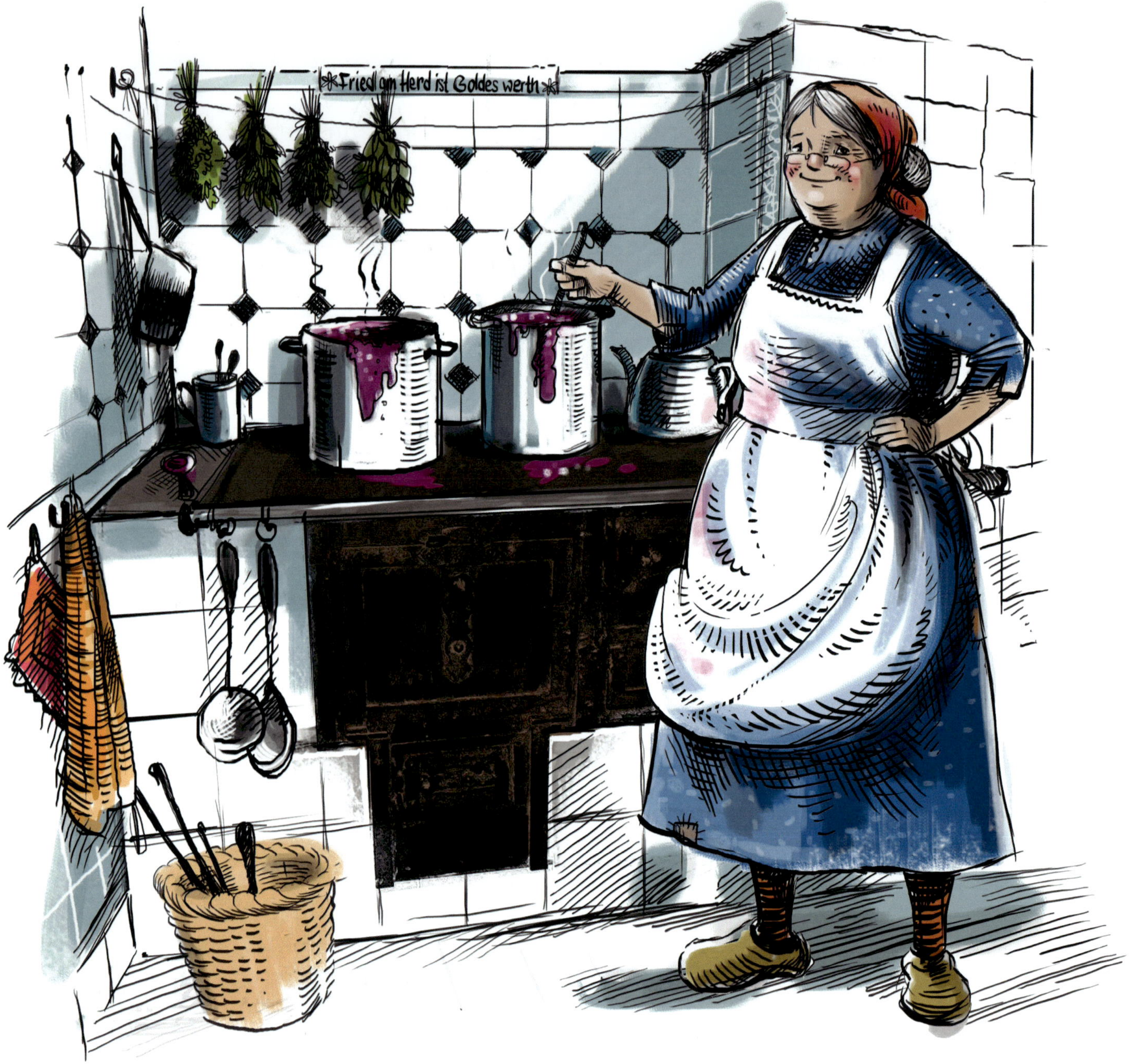
Fried am Herd ist Goldes werth

gibt." Er schraubt den Teil der Lampe mit dem Docht auf das Glas. Nun müssen wir eine Weile warten, bis der Docht sich mit dem Petroleum vollgesaugt hat. Dann zündet Egbert vorsichtig mit einem Kienspan den Docht an, setzt den feinen Glaszylinder auf und die Lampe verbreitet einen ganz hellen Schein. An der Seite hat sie ein kleines Rädchen, damit kann man die Helligkeit einstellen. Was für ein Wunderding! Für den Stall gibt es auch Petroleumlampen, die man mit sich herumtragen kann. Bei dem Licht kann man gleich viel besser arbeiten. Natürlich werden die Lampen nur angezündet, wenn Licht dringend gebraucht wird, denn: „Petroleum ist teuer, denkt daran", sagt Egbert.

Hinten in der Schmiede wohnt die alte Trine. Eigentlich heißt sie Katharina, aber das sagt kein Mensch zu ihr und die meisten haben es wohl auch vergessen. Großmutter aber nicht, denn sie hat es uns mal erzählt. Ihr Garten ist ein richtiger Kohlhof. Dort wachsen Kräuter, Gemüse und Blumen: Zinnien, Sonnenbraut und Ringelblumen. Die Blüten von den Ringelblumen vermischt Trine mit Schweinefett zu einer Salbe, die hilft, wenn man sich verletzt oder verbrannt hat. Sonnabends kommt häufig Trines Enkel Robert mit seiner Liebsten Melanie, die weit weg in der Heide wohnen. Robert macht dann die schwere Arbeit im Garten, das Umgraben und Mist unterpflügen und Unkraut jäten. Melanie pflanzt und sät das Gemüse und die Blumen aus. Dort wachsen dann Türk`sche Erbsen, Kohl, Lauch, Mangold und Etagenzwiebeln und vieles mehr in ordentlichen Reihen.

Hinter dem Gemüsegarten ist eine Obstbaumwiese. Hier ernten sie im Sommer Kirschen und im Herbst Pflaumen, Birnen und Äpfel. Der alte Knecht Joachim kennt sich von allen Leuten im Dorf am Besten mit Obstbäumen aus. Er wird immer um Rat gefragt, wenn sie nicht mehr viele Früchte tragen oder beschnitten werden sollen. Am Haus und am Waldrand wachsen auch Holunderbeerbüsche. Trine erzählt, dass der Holunder heilende Kräfte hat und man ihm dafür dankbar sein und ihn ehren soll. Immer kocht Trine gerade irgendetwas ein, das sie gepflückt oder gesammelt hat. Sie hat eine große Küche mit einem richtigen Herd und da hängen überall Kräuter zum Trocknen drum herum. Nachmittags, wenn niemand für uns Zeit hat, gehen Jenny und ich manchmal zu ihr hinüber. Im Herbst sitzt sie neben dem Herd, wo es angenehm warm ist und überall stehen Eimer voller Holunderdolden. Wir dürfen uns jeder eine Gabel holen und helfen, die Beeren in ein großes Sieb abzustrubbeln. Wir bekommen ganz schnell blaue Finger davon, aber das macht nichts. Die Suppe, die Trine aus den Beeren kocht, schmeckt einfach köstlich. Es sind Apfelstücke und Grießklöße darin.

Rezept Fliederbeersuppe mit Grießklößchen von der alten Trine

Man braucht für 4 Personen:
500 - 700 Gr. Fliederbeerdolden (Holunderbeeren) Achtung färben sehr stark!; 1L Wasser; Zucker 100Gr. oder mehr nach Geschmack, 2 mürbe Äpfel, Saft und Schale von einer Zitrone (bio); 2 Gewürznelken; 1 Zimtstange; 20 Gr. Stärke oder 30 Gr. Sago

Zubereitung:
Fliederbeeren waschen und mit einer Gabel von den Rispen befreien. In einen Topf mit 1 Liter Wasser geben. Ca. 100 Gr. Zucker, etwas abgeriebene Zitronenschale, Gewürznelken und die Zimtstange hinzufügen. Alles aufkochen und bei milder Hitze eine halbe Stunde mit geschlossenem Deckel ziehen lassen. Inzwischen die Äpfel schälen, vom Kerngehäuse befreien und in dünne Spalten schneiden. Anschließend mit dem Saft einer halben Zitrone, etwas Zucker und eventuell dem Sago garkochen. Die Suppe durch ein Sieb gießen und nach dem Entfernen der Gewürze die Beeren vorsichtig durchdrücken. Speisestärke mit wenig kaltem Wasser glattrühren, die Suppe nochmals aufkochen und damit binden. Apfelspalten (mit Sago) in die Suppe geben und sofort servieren. Schmeckt auch kalt oder aufgewärmt köstlich.

Noch einfacher: Fertigen Holundersaft nehmen:
0,7 L Saft mit 0,3-0,5L Wasser aufsetzen. Die Gewürze und den Zitronensaft zufügen und die Äpfel und eventuell den Sago darin gar kochen lassen. Ohne Sago mit der, mit etwas kaltem Wasser verrührten, Stärke binden.

Grießklößchen:
150 Gr. Grieß, 1 Prise Salz, etwas Margarine oder Butter in knapp ½ L kochende Milch einrühren.
1-2 Päckchen Vanillezucker oder ½ Vanilleschote hinzugeben, zuletzt 2 EL Zucker einrühren.
Gut rühren bis das Ganze zu einem Kloß wird und dann schnell in eine Schüssel umfüllen.
Anschließend schnell und kräftig 2 Eier, die vorher mit etwas von der Milch verrührt wurden, unterrühren (Schneebesen). Vom Grießbrei mit zwei kleinen Löffeln Klößchen abteilen und in der Suppe ziehen lassen bis sie oben schwimmen.

Auch ihrem Apfelkompott, ihrem Pflaumenmus und ihren eingelegten Gurken kann man nur schwer widerstehen. Meine Mutter ermahnt mich, Trine nichts wegzuessen, weil sie ihr Eingekochtes zum Leben und zum Tauschen braucht. Deswegen lehne ich erst einmal ab und sage, dass ich noch satt vom Mittagessen bin. Trine sagt dann: „Etwas Süßes rutscht immer", und schon sitzen wir vor einer Scheibe Brot mit Pflaumenmus oder einem Schälchen Dickmilch mit Honig. Den Honig tauscht sie bei unserem Bauernvogt Wulf gegen ihre Ringelblumensalbe oder andere Hausmittel ein. Unser Bauernvogt ist ein netter, aber strenger Mann mit weißem Haar und Bart. Die Männer gehen zu ihm, wenn sie sich beraten müssen. Er hat drei Enkelinnen, von denen eine mit mir zusammen in die Schule kommen wird. Er hat auch eine Menge Bienenvölker. Die Körbe mit den Bienen stehen in der Immenschuur und die Bienen sammeln den Honig von allen Bäumen und Pflanzen, die in unserem Dorf und drum herum wachsen.

Schule

Jenny und ich sind sehr aufgeregt, denn morgen ist unser erster Schultag. Die Schule liegt unten im Grund. Unterricht geben dort Lehrer Hohmann in Rechnen und Naturgeschichte und Fräulein Thaden in Lesen, Schreiben, Religion und Handarbeiten. Unsere Mütter bringen uns an diesem ersten Tag zur Schule. Friederike und noch zwei andere Kinder sind auch mit ihren Müttern gekommen. Die älteren Kinder haben für uns alles mit Efeu und Frühlingsblumen geschmückt und singen zum Willkommen ein schönes Lied. Danach gehen die Mütter nach Hause zu ihrer Arbeit. Die älteren Kinder sitzen nun still da. Sie haben ihre Aufgaben schon vorher bekommen. Es gibt vier verschiedene Klassen in dieser Schule, aber wir sitzen alle an Klapptischen in einem Raum. Vorn gibt es eine große Schiefertafel. Auf den Fensterbänken stehen Blumentöpfe mit Pelargonien, die zieht Fräulein Thaden jedes Jahr aus Stecklingen. Nun bekommen auch wir unsere erste Aufgabe. Wir sollen auf unseren neuen Schiefertafeln alle ein A schreiben und dann noch eins, eine ganze Reihe davon. Fräulein Thaden schreibt vor und wir machen es nach. Die älteren Kinder schielen herüber und kichern. Plötzlich hält Hein Dwars es nicht mehr aus. Der schnappt manchmal über, wenn es für ihn zu aufregend wird. Er rennt zur Fensterbank und schmeißt einen Blumentopf durch die Klasse. „In Deckung", schreit Carl. Alle ducken sich hinter ihre Schultische, mein Herz klopft. „Rums!", noch ein Blumentopf fliegt

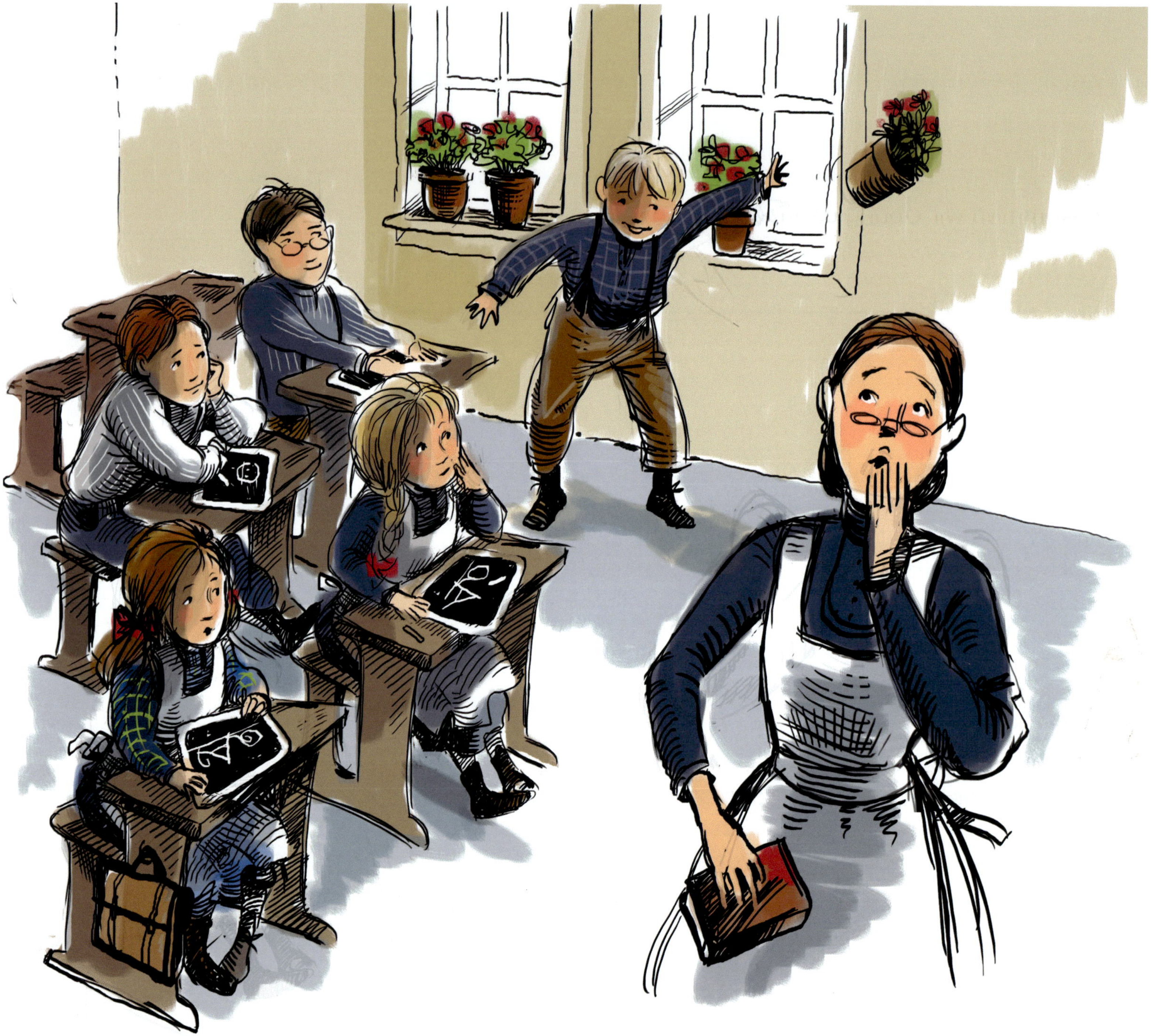

Richtung Lorenz, der vorsichtig über die Tischkante geschielt hat, aber da hat Fräulein Thaden den Übeltäter schon am Kragen. Damit Hein wieder zur Vernunft kommt, hilft nur kaltes Wasser, das hat sie schon einige Male erlebt. Mit pitschnassen Haaren und rotem Kopf sitzt er nun wieder in seiner Bank und der Unterricht kann endlich weiter gehen.
„Der arme Heini, er tut mir so leid", flüstert Jenny mir zu.
Mit der Zeit bekommen wir Übung darin, uns nur um unsere Aufgaben zu kümmern, auch wenn die älteren Kinder reden und Unterricht in anderen Fächern haben. Wenn allerdings nebenan „Standesamt" ist, müssen wir alle während der Trauungen mucksmäuschenstill sein. Fräulein Thaden liest uns dann mit ganz leiser Stimme Geschichten vor. Sehr viele Trauungen gibt es bei uns natürlich nicht, aber Melanie und Robert, die haben im Mai bei uns im Dorf geheiratet. Das war eine schöne Hochzeit, die Feier werden wir nie vergessen!
Bei Herrn Hohmann üben wir Rechnen und Naturkunde. Inzwischen haben wir schon eine Menge bei ihm gelernt, aber nun, wo der Sommer da ist, wird er bei gutem Wetter immer schon in der ersten Stunde ganz unruhig und schaut dauernd aus dem Fenster. Bleibt es dann weiter trocken und schön, hält er es gerade noch bis nach der zweiten Stunde aus. Dann heißt es, alle Kinder in die Holzpantinen und hinaus in das Moor. Nun denkt ihr wohl, dass er uns dort draußen Naturkundeunterricht geben will, aber da irrt ihr euch sehr. Herr Hohmann ist nämlich auch dafür zuständig, dass die Schule im Winter warm ist. Seine eigene Stube natürlich auch. Deshalb darf er im Moor Torf stechen. Damit der Torf gut trocknet und bald hereingeholt werden kann, muss er umgestapelt werden und genau das hat Herr Hohmann jetzt mit uns vor. Wie der Torf bei gutem Wetter trocknet, da kann man zugucken, wenn man die unteren Blöcke nach oben umgestapelt hat!
Kalli Wagner hat wohl schon geahnt, welche Arbeit auf uns wartet. Der ist schnell ausgebüchst und in Gönnemanns Park in eine der ganz riesigen Tannen geklettert. Dort flüchtet er auch immer hoch, wenn er etwas ausgefressen hat.

Kalesche als Reisewagen
im 19. und 20. Jahrhundert

Keiner bekommt ihn von dort wieder herunter, weil er der beste Kletterer im ganzen Dorf ist. Deswegen darf er mit zwei Freunden im Frühjahr auch immer die Krähennester in den Eichen ausnehmen und kann sich damit so manchen Pfennig verdienen. Am nächsten Tag bekommt Kalli natürlich eine Strafarbeit auf, weil er im Moor nicht mitgeholfen hat. „Wenn alle so faul wären", sagt Herr Hohmann, „müssten wir im nächsten Winter in der Schule frieren.

Fuhrmannsgeschichten

In unserem Dorf gibt es ein großes Hotel mit Biergarten. Im Sommer kommen da ganz viele Leute aus der Stadt in ihren Kutschen hingefahren. Sie gehen bei uns durch den Wald spazieren und auf den Mellenberg. Dort steht ein Aussichtsturm aus Holz. Von dort oben kann man über die ganze Umgebung kucken. Manchmal sind es so viele Leute, die zu uns ins Dorf kommen, dass der Utspann vom Hotel gar nicht mehr für all die Pferde ausreicht. Deswegen sind auf der Diele in dem Bauernhof neben dem Hotel ganz viele Ringe angebracht, wo die Pferde angebunden werden können, um sich von der langen Fahrt aus der Stadt auszuruhen. Die Kutscher müssen sich auch ausruhen, nachdem sie die Pferde ausgespannt und gefüttert haben. Dafür haben sie im Hotel extra eine eigene Stube. Dort können sie sitzen und sich ihre Fuhrmannsgeschichten erzählen.
Einige von den Kutschern treffen sich aber lieber bei uns im Backhaus, besonders, wenn Anna und Angela da gerade bei den Vorbereitungen zum Brotbacken oder beim Buttern sind. Wenn die Kutscher Glück haben, gibt es dort ein paar Speckpfannkuchen mit frischer Buttermilch und sie erfahren den neuesten Klatsch aus dem Dorf. Dafür müssen sie den Mägden aber auch Geschichten von den Kökschen aus der Stadt erzählen. Die Mägde hören immer wieder gern, wie es dort bei den Herrschaften zugeht. „Die setzen den Mädchen nur Flausen in den Kopf mit ihrer Prahlerei", schimpft Großmutter Auguste. „Nachher laufen die uns noch weg, weil sie lieber in der Stadt

Halali!

arbeiten wollen. Dabei sehen sie doch nebenan im Gutshaus, dass bei den feinen Herrschaften auch nur mit Wasser gekocht wird."

Das Gutshaus gehört der Familie von Ohlendorff. Eigentlich wohnen die von Ohlendorffs in der Stadt, in Hamm, aber im Sommer kommen sie mit ihrer feinen Kutsche nach Volksdorf, um die Sommerfrische zu genießen. Herr von Ohlendorff wird hier im Dorf nur der „Schietbaron" genannt, weil er sein Geld mit Vogeldung verdient hat, sagt Oma. Er geht sehr gern auf die Jagd. Deshalb hat er ganz viel Wald anpflanzen lassen. Ein Waldstück wird „Ohlendorffs Tannen" genannt. Einen Jagdwagen mit einem schnellen Pferd davor hat er auch. Der Pferdeknecht hat erzählt, dass das Pferd so schnell ist, dass Herr von Ohlendorff, sein Hund und der Oberjäger schon auf dem Wagen sitzen müssen, wenn es angespannt wird. Kaum geht das Tor auf, stürmt es los und lässt sich erst nach einigen Kilometern wieder anhalten, wenn sie draußen bei dem Waldstück angekommen sind.

Johannishöge

Der schönste Tag bei uns im Sommer ist wohl der, an dem die Johannishöge gefeiert wird. Das ist meistens der Sonntag vor oder nach dem 24. Juni, dem Johannistag. In jedem Jahr stellt einer der Bauern seinen Bauernhof als Hööghuus zur Verfügung. Die Knechte gehen vorher von Haus zu Haus, laden jeden ein und bitten dabei um Gaben für die Feier. Die Johannishöge ist nämlich ein Tag, an dem vor allem die Knechte und Mägde und wir Kinder feiern dürfen, aber eigentlich feiert das ganze Dorf mit. Alles wird schön mit Fähnchen und Wimpeln geschmückt. Am Abend vorher gehen Maik und Daniel in den Wald und holen Eichenzweige. Jenny und ich und die anderen Kinder dürfen dabei helfen, viele Girlanden aus Eichenlaub zu wickeln. Die Erwachsenen schneiden kleine Äste mit Blättern von den großen Zweigen ab und legen sie in einem großen Haufen auf den Boden vor dem Hof. Wir sitzen alle darum herum und machen aus den Ästen kleine Sträuße. Die geben wir dann an eine unserer Mütter weiter, die sie zu einer Girlande bindet. Dabei singen wir Lieder und Großmutter Auguste erzählt Geschichten von früher, als sie noch ein Kind war: „Zwei der Knechte müssen ja immer vor der Johannishöge zum Waldherren und um Erlaubnis für die Johannisfeier bitten. Als die Feierei einmal zu wild vor sich gegangen war, hat der Waldherr sie für das nächste Jahr verboten. Das kam aber zum Glück nicht sehr oft vor. Aber er hat den Knechten jedes Mal eine Menge Ermahnungen mit auf den Heimweg gegeben und das ist heute ja wohl noch ganz genau so. Sie sollten sich bescheiden und mäßig aufführen, alle Gelegenheit zu Zank und Streit vermeiden, denn oft genug endete das schöne Fest damals

24

mit einer Prügelei und das will ja nun keiner. Außerdem ermahnte er sie immer, sehr sorgfältig mit Feuer und Licht, insbesondere mit dem Tabakrauchen umzugehen und keine Pfeife ohne Deckel zu benutzen. Noch schlimmer als eine Prügelei wäre ja ein Feuer im Hööghuus gewesen. Aber das habe ich zum Glück nie erlebt." Wenn die Girlanden lang genug sind, werden sie von unseren Vätern und den Knechten am Eingang zum Hööghuus, an der Dorfeinfahrt und an der Stange für den Adler befestigt.

Auf dem Platz neben der Mühle sitzt nämlich auf einer hohen Stange schon der hölzerne Adler mit ausgebreiteten Flügeln. Der ist für das Vogelschießen gedacht. Nur die Jungen dürfen die einzelnen Teile des Adlers herunterschießen. Carl, Lorenz, Claus, Heinrich und die anderen freuen sich schon sehr darauf. Sie schießen mit einer Armbrust nach ihm. Die wird mit langen Bleikugeln geladen, die die Jungen selbst in einer Holzplanke mit entsprechenden Vertiefungen gießen dürfen. Dazu schmelzen sie das Blei in einer Art Löffel, den ihnen Egbert aus irgendeinem Rest gebaut hat, über einer Tranfunzel oder einem Kienspan. Uns wollen sie nicht dabei haben. „Das ist Männersache", sagt Claus, „Mädchen kann man dabei nicht gebrauchen, genau so wenig wie beim Schießen."
Die anderen Jungen stimmen dem alle zu und wir gehen wieder zum Hööghuus und helfen noch etwas dabei, alles für den nächsten Tag schön zu machen. Am nächsten Morgen springen wir früh aus unseren Kutzen, um ja nichts zu verpassen. Zuerst ist aber alles wie immer. Die Mägde haben schon gemolken und das Frühstück vorbereitet. Die Knechte versorgen die Pferde und spannen dann an, um uns alle zum Gottesdienst nach Bergstedt in die Kirche zu fahren. In unserem Dorf haben wir nämlich keine eigene Kirche.

Nachdem wir wieder auf unserem Hof angekommen sind, wird das Mittagessen vorbereitet und dann geht es endlich zum Vogelschießen. Zuerst versuchen die Jungen die losen Teile, wie Federn, Flügel, Schwanz und Beine, abzuschießen. Zuletzt den Kopf, der dazu etwas gelockert wird. Wer ihn abschießt wird König. In diesem Jahr ist Lorenz Schützenkönig und er wird von den anderen durch das Dorf getragen und groß gefeiert. Wir Mädchen machen inzwischen unsere eigenen Spiele. Anschließend geht es zu Kaffee und Kuchen und zum Tanz in das Hööghuus, wo extra Saal gelegt worden ist. Sogar die Jungen tanzen ein bisschen mit, obwohl die sich dabei ja immer so genieren. Es gibt jede Menge Plattenkuchen mit Johannisbeeren und Kirschen, und wir dürfen essen so viel wir wollen. Dann kommen die Knechte und Mägde und die anderen Erwachsenen und wollen auch endlich mitfeiern und wir gehen raus und plündern noch den großen Kirschbaum, der hinter dem Wagnerhof steht. Mit den Kernen machen wir einen Spuckwettbewerb. Ratet mal, wer den gewonnen hat? Friederike, die hat nämlich eine ganz besondere Technik, den Kirschkern mit der aufgerollten Zunge aus dem Mund herauszuschleudern. Das kann

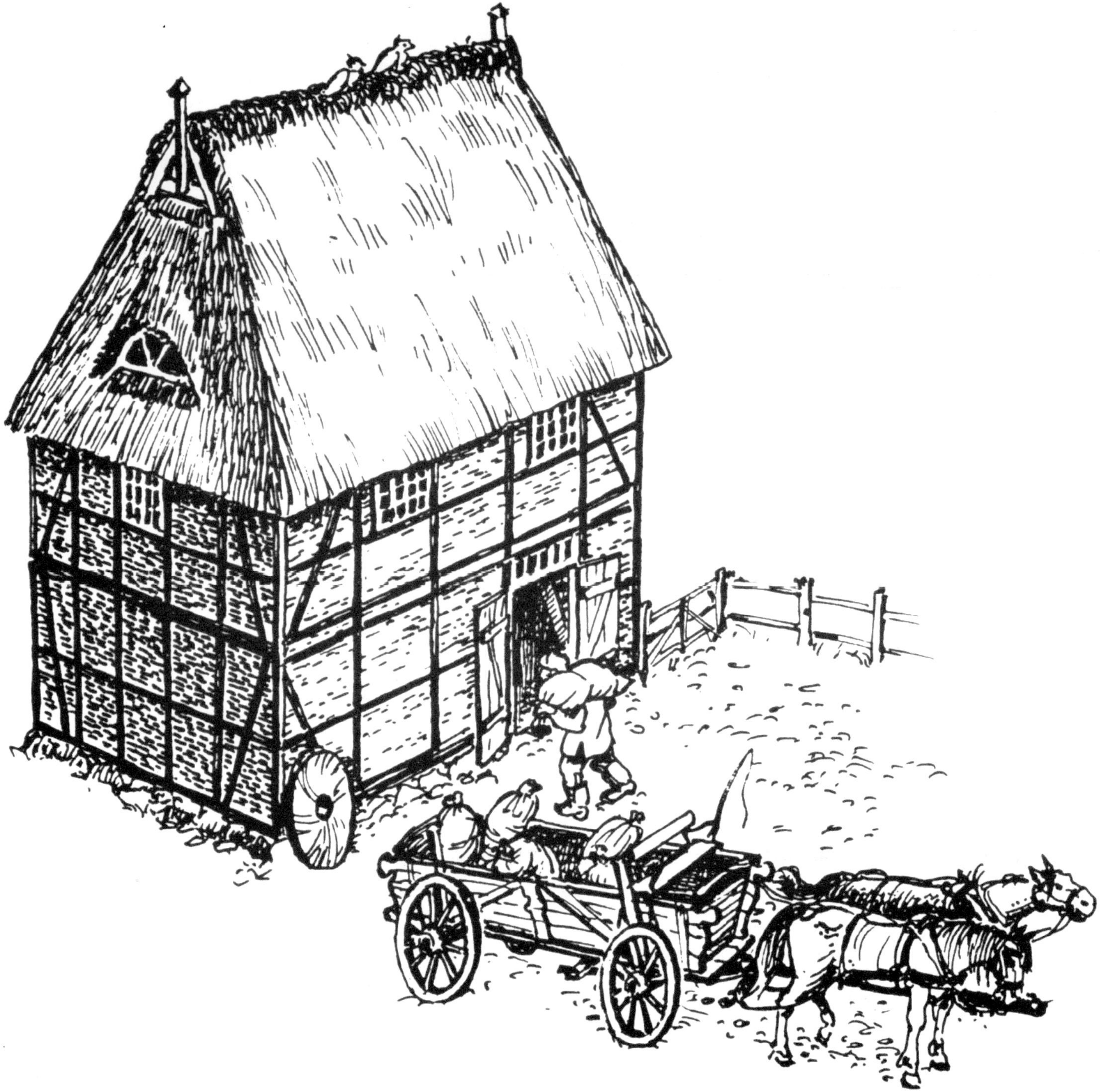

kein anderer so gut wie sie, auch nicht die Jungen. Abends in der Kutze habe ich Bauchschmerzen von dem vielen ungewohnten Essen und Trinken, aber ich finde, es war wieder eine herrliche Johannishöge.

Unsere Rossmühle

In unserem Dorf gibt es auch eine Mühle. Sie hat keine Flügel und auch kein Wasserrad. Es ist nämlich eine Rossmühle. Zwei Pferde treiben die Mühle an. Früher gingen die Pferde immer in der Mühle im Kreis herum. Dabei haben sie einmal das ganze Mahlwerk kaputtgemacht. Die neuen Pferde passen nicht in die Mühle hinein, sie sind dafür zu groß. Deshalb treiben sie jetzt das große Mahlwerk draußen über einen Bodengöpel an. Wenn der Göpel nicht gebraucht wird, ist ein kleines Holzhäuschen darüber gedeckt. Darauf spielen wir Kinder gern, aber das dürfen wir eigentlich nicht. Unser Müller heißt Behrmann. Er hat eine eigene Backstube. Wenn er nicht gerade Mehl oder Grütze für die Bauern mahlt, backt er Brot und Kuchen für die feinen Leute in der Stadt. Seine Backwaren bringt er bis nach Eppendorf, wo er sie aus dem Wagen heraus verkauft. Dafür hat er einen praktischen Bäckerwagen, der hinten drin Regale und auf dem Dach auch noch Platz für Brote hat.
Nicht nur wir aus dem Dorf lassen unser Korn bei ihm zu Mehl mahlen. Viele Bauern aus der Umgebung kommen mit Pferd und Wagen über die Ackerwege angefahren, um bei ihm mahlen zu lassen. Einige kommen schon in aller Frühe. „Wer zuerst kommt, mahlt zuerst", sagt Behrmann immer. „Geht ihr man in den Gasthof. Euer Mehl könnt ihr nachher wieder abholen."
Einige Bauern würden am liebsten daneben stehen bleiben, wenn

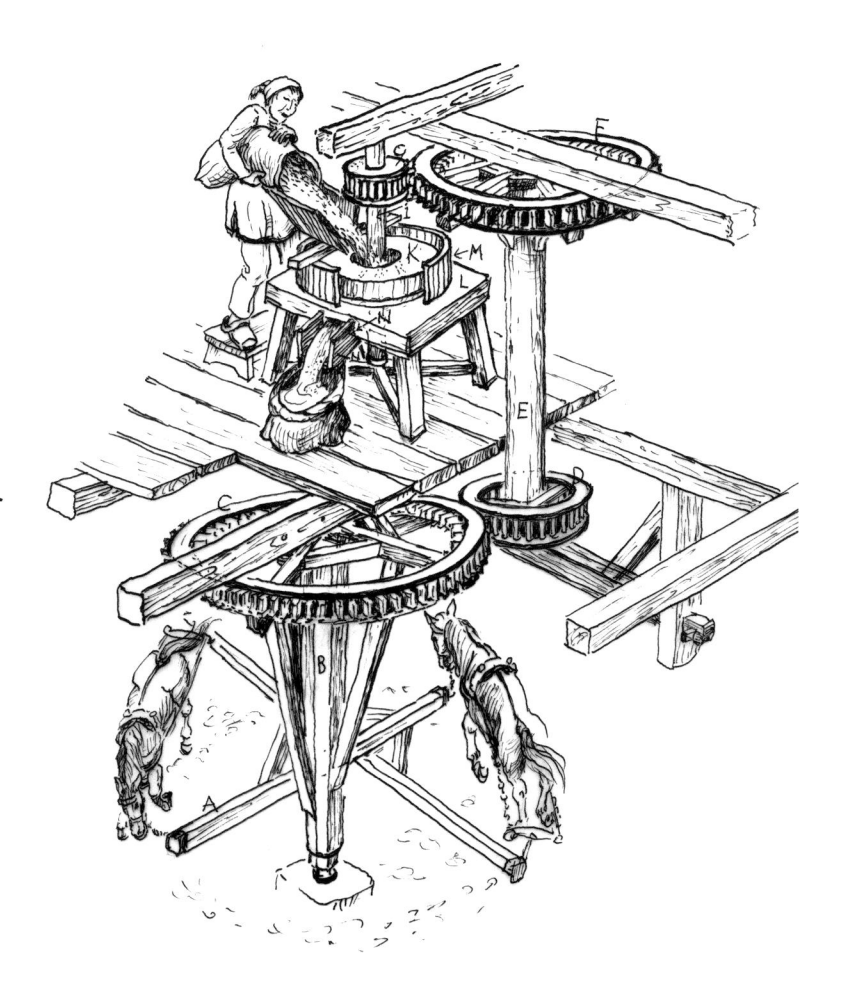

Brotverkauf am Bäckerwagen

ihr Korn gemahlen wird. „Weil sie ihm nicht trauen. Sie denken, dass sie zu wenig Mehl wiederbekommen", sagt Großmutter Auguste. Aber Behrmann lässt das nicht zu. „Ist viel zu gefährlich drin in der Mühle und bei der Arbeit brauche ich meine Ruhe", grummelt er.

Die Pferde treiben an den Mahltagen nicht nur die beiden Mahlwerke an. Über ein Reibrad wird auch die Kette bewegt, an der die schweren Säcke in den ersten Stock der Mühle hochgezogen werden. Da oben steht dann Behrmann und scheffelt das Korn in den großen Trichter. Von dort geht es zwischen die beiden großen Mahlsteine, wo es zerrieben wird. Von dem Mehlstaub sieht Behrmann ganz weiß wie ein Gespenst aus. An den Mahltagen fürchten wir Kinder uns ein wenig vor der Mühle, wenn alles so rumpelt und knarrt. An den Backtagen gehen wir ganz gern mal dorthin. Besonders im Winter, wenn Behrmanns Geselle mit der Braunteigkniep den schweren zähen Teig knetet. Gerät einmal beim Backen ein brauner Kuchen zu dunkel oder gibt es Kuchenränder, können wir diese Köstlichkeiten für ein paar Pfennige bei ihm bekommen. Leider haben Jenny und ich nie Geld, aber unsere großen Brüder verdienen sich manchmal etwas und geben uns dann von den Leckereien etwas ab.

Backtag

Nun will ich euch erzählen, wie bei uns Brot und Kuchen gebacken werden. Schon einen Tag vor dem Backen holt meine Mutter den Rest Sauerteig vom vorherigen Backtag aus der Speisekammer. Das ist ein ziemlich bröckeliger grauer Klumpen. Mit frischem Wasser aus unserem Brunnen und Roggenmehl wird er zu einem neuen Teig gerührt und mit einem Handtuch abgedeckt. Biike und Fenja schrubben den großen Backtrog, die Backbretter, den Tisch und den Brotschieber und schauen nach, ob die Brotkörbe auch alle in Ordnung sind. Dabei können Jenny und ich mithelfen. Sorgfältig bürsten wir die Körbe noch einmal aus, damit kein Schimmel an das Brot kommt. Die Backbretter und der Backtrog werden an die Wand vom Backhaus gelehnt, wo sie in der Sonne trocknen können. Einmal ist der Trog dabei umgefallen und hat Risse bekommen. Das ist nicht gut, weil sich jetzt in die Risse immer etwas Teig hineinsetzt. Mutter sagt, dass wir unbedingt einen neuen brauchen. Mein Vater war mit Daniel und den Pferden schon im Wald, um einen Pappelstamm zu holen, aber wir haben hier bei uns im Dorf keinen Mollenhauer und so gibt es auch noch keinen neuen Backtrog. Wir müssen wieder einmal den alten benutzen.

Am Backtag geht mein Vater zusammen mit Egbert morgens früh um sechs zum großen Dorfbackofen. Dort zünden sie mit einem Kienspan das vorbereitete Reisig und Holz an. Der Ofen muss dann einige Stunden geheizt werden,

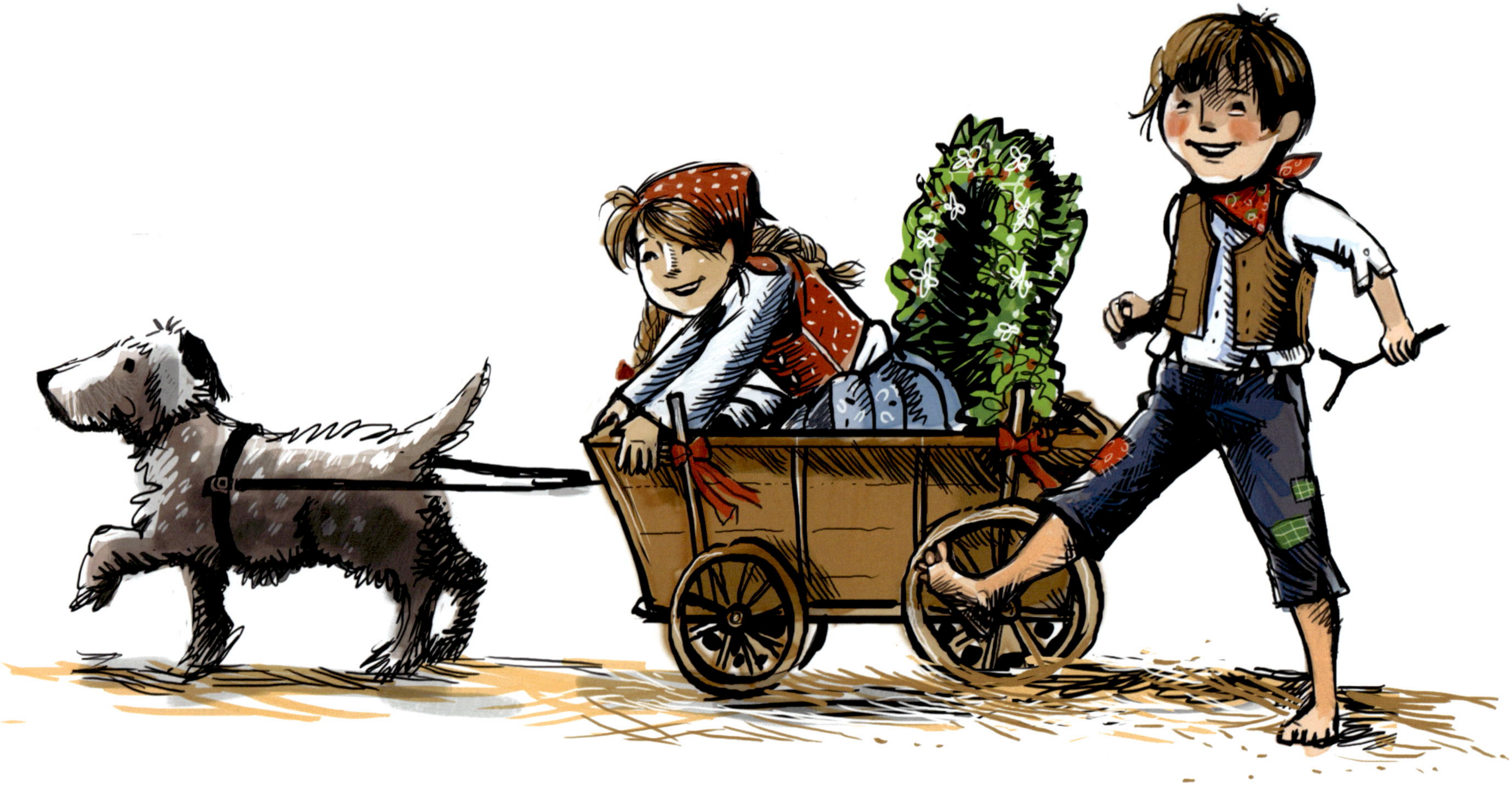

damit er genügend Hitze für all die Brote und die Kuchen speichern kann. Wir freuen uns schon auf das frische Brot, denn gebacken wird nur alle paar Wochen und an dem alten harten Brot hat sich Großmutter Auguste neulich schon wieder einen Zahn ausgebissen.

Inzwischen fangen die Mägde an, den Sauerteig mit noch mehr Mehl und Wasser zu vermischen. Ein wenig Salz kommt auch daran. Das Kneten ist eine sehr schwere Arbeit und bald fangen die beiden an zu schwitzen, obwohl es noch früh am Morgen ist. Sie sind aber, wie immer, fröhlich bei der Arbeit und erzählen sich Geschichten, die sie von den Kutschern gehört haben. Zum Beispiel die Geschichte von Lehrer Hamann, der bei uns im Dorf wohnt, aber in der „Höheren Schule" in Wandsbek unterrichtet. Eines Morgens wollte er wieder sein Pferd satteln, das er bei Bauer Tiedjen untergestellt hatte, aber das Pferd hatte wohl keine Lust auf den weiten Schulweg. Es riss aus und rannte in den Garten der Bäuerin, der Lehrer hinterher. Das Pferd rannte nun immer im Kreis herum, der Lehrer immer dahinter. Endlich überlegte sich der Lehrer eine List und wechselte plötzlich die Richtung. Das Pferd war aber schlau und schneller! Es konnte erst eingefangen werden, als Bauer Tiedjen und der Kutscher zu Hilfe kamen. Inzwischen hatte es den ganzen Garten mit dem Gemüse und den Blumen von Frau Tiedjen zertrampelt. Frau Tiedjen schimpfte furchtbar und verlangte Schadenersatz. Außerdem musste der Lehrer den Garten wieder in Ordnung bringen, der arme Mann, wo er doch sowieso kaum freie Zeit hat, bei dem weiten Schulweg jeden Tag. Die Mägde kichern und kneten. Endlich ist der Teig so weit, dass er ruhen kann. Die Mägde decken ihn zu und eilen, um ihre Haus- und Stallarbeit fertig zu bekommen. Sie müssen Wasser aus dem Brunnen ins Haus

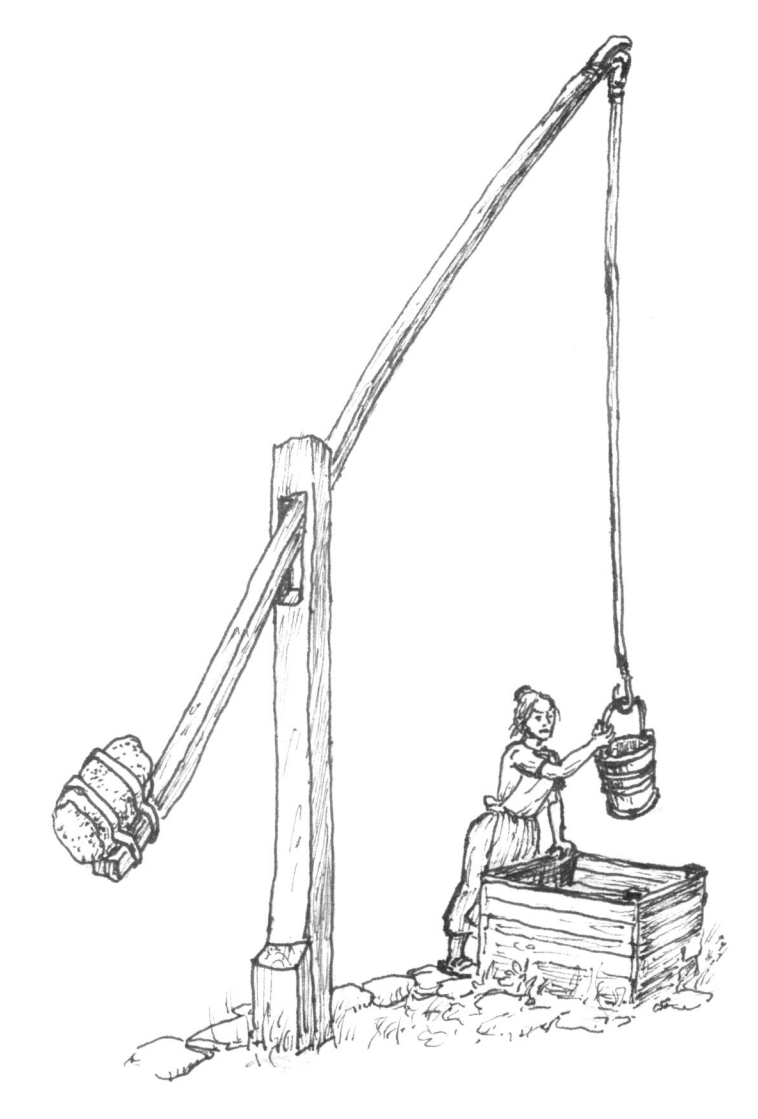

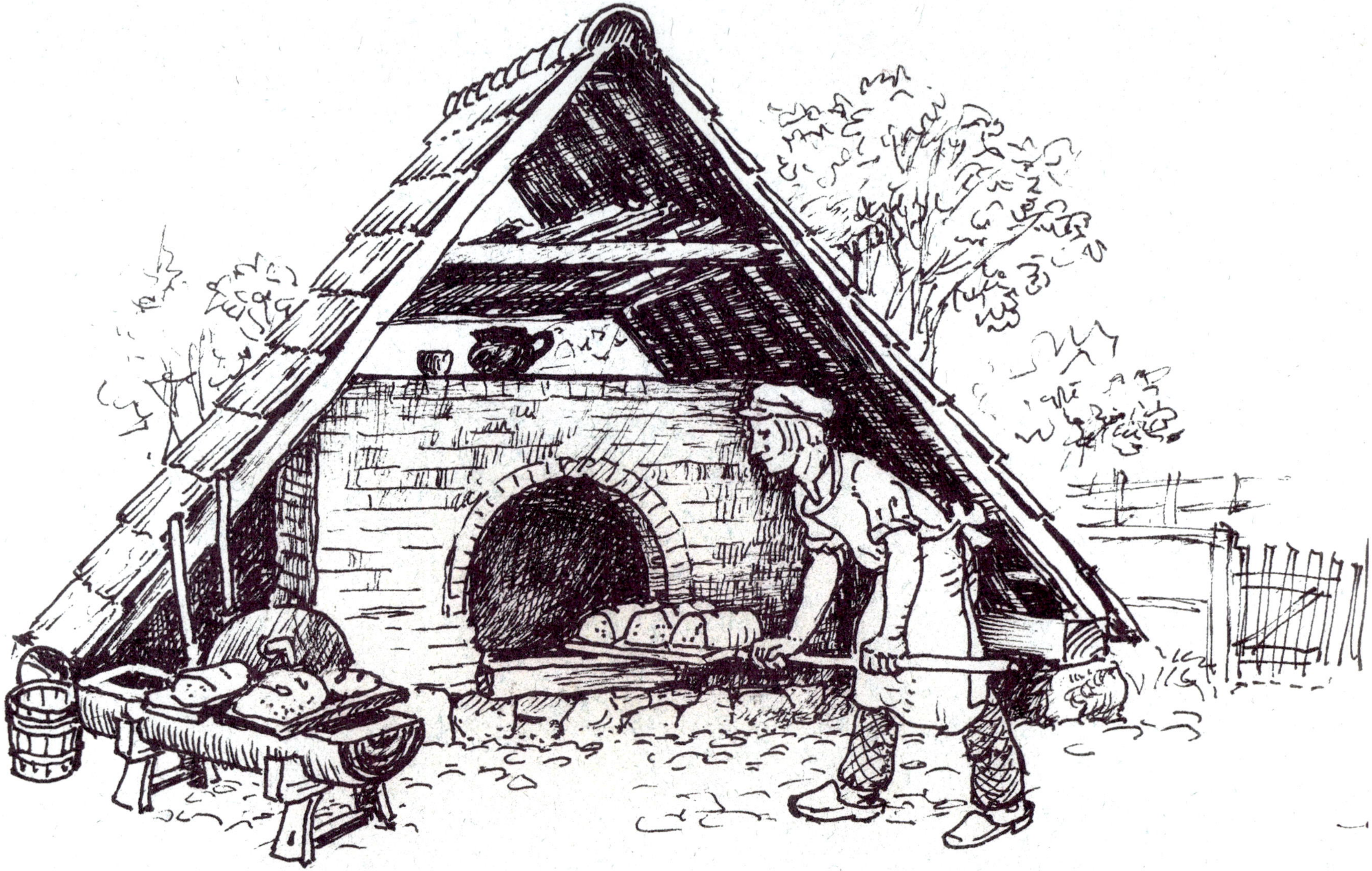

tragen und nach dem Backofen sehen. Egberts Knecht Bernd hat ihn die ganze Zeit mit Holz gefüttert. Jetzt hat sich ein schönes Glutbett gebildet, das von Zeit zu Zeit mit dem Schüreisen durchgerührt wird, damit es keine kalten Stellen im Ofen gibt, wo das Brot dann nicht gar wird. Das Schüreisen ist an einer langen Holzstange befestigt, weil man wegen der Hitze nicht zu nah an das Ofenloch herangehen kann. Da versengt man sich sonst sofort die Haare und die Wimpern, weil das so heiß ist.
Wenn der Ofen von innen vollkommen weiß aussieht, dann hat er die richtige Temperatur und die Glut wird ausgeräumt. Das ist eine heiße staubige Arbeit für Bernd. Danach hat er eine ganz schwarze Nase und grauen Aschestaub in seinen Haaren. Ist er mit dem Herausräumen der Glut fertig, stellt er die eiserne Klappe vor das Ofenloch und geht noch ein wenig Holz hacken, das er zu ordentlichen Diemen am Backhaus aufschichtet. Hinten, vor das kleine Luftloch, legt er vorher noch ein paar Steine zum Abdichten. Nun muss der Ofen noch eine Weile ruhen, bis er die richtige Temperatur erreicht hat.
Inzwischen ist der Brotteig schön aufgegangen und duftet wunderbar. Vorsichtig schauen wir unter das Backtuch. „Ja, das sieht gut aus", sagt meine Mutter. Jenny und ich helfen dabei, die Brotkörbe mit Mehl einzustäuben, damit der Teig darin nicht kleben bleibt. Biike und Fenja teilen den Brotteig aus der großen Molle in gleichmäßige Klumpen, die sie alle noch einmal gründlich durchkneten und anschließend in die vorbereiteten Körbe legen. „Legt die Tücher wieder darüber, damit der Teig noch gut aufgehen kann", sagt Biike. Die Körbe kommen auf die Backbretter und werden im Backhaus abgestellt, wo die Luft jetzt schön warm ist. Dann kommt die alte Melitta aus der Schusterkate angeschlurft. In der Schusterkate ist es sehr eng. Auf der einen Seite wohnt Melitta mit ihrem Mann. Auf der anderen Seite wohnt der Schuster. Von den Leuten im Dorf wird er „Vadder Mück" genannt. Vadder Mück kann alles

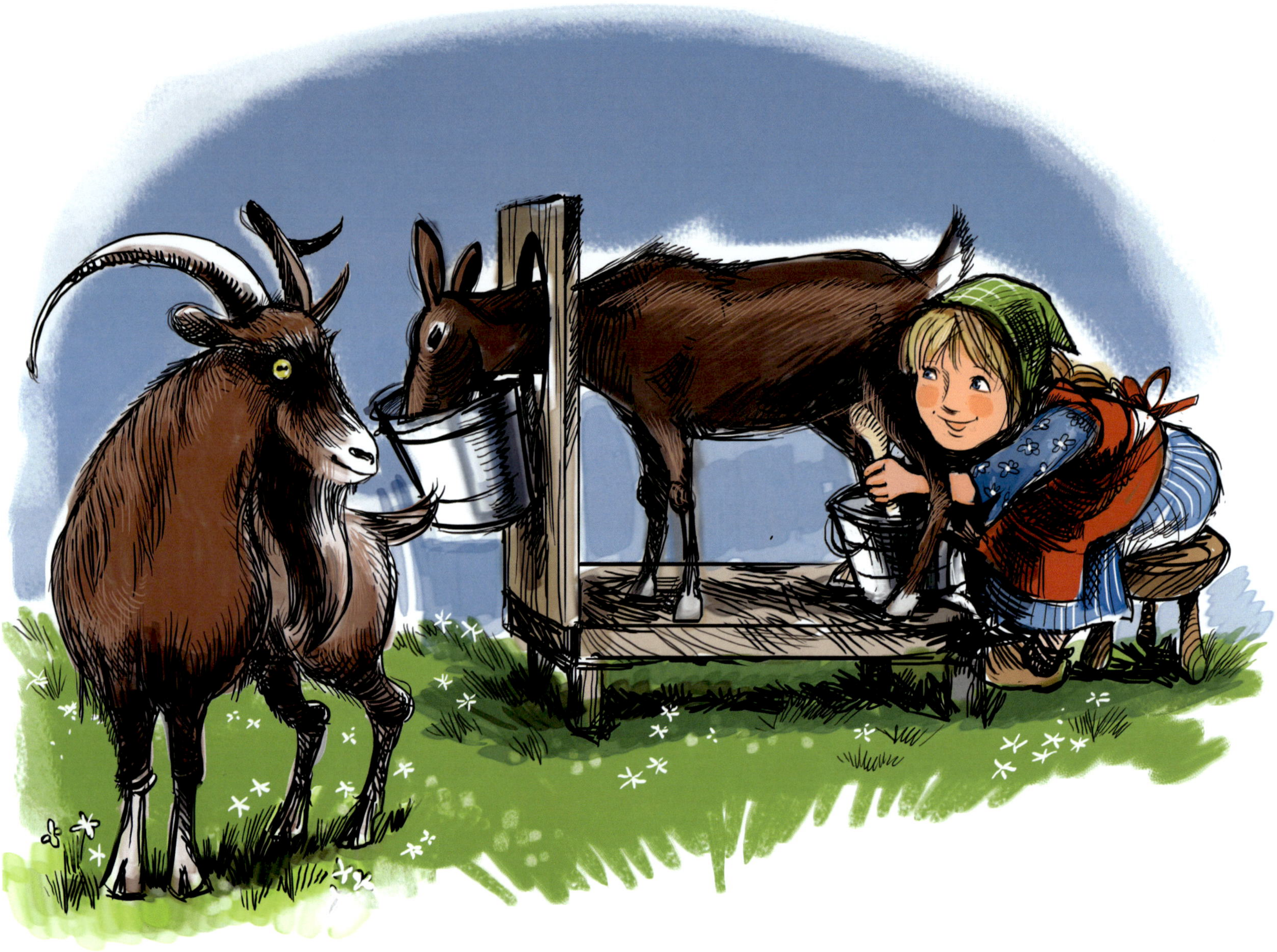

reparieren, was aus Leder ist. „Kom man rin", sagt er, wenn man ein Paar Schuhe zur Reparatur bringt. „Sett di daal, dat hebbt wi ja glieks fardig." „Nein danke", sage ich höflich, „ich hole sie morgen wieder ab." „Jaja, un denn kannst ok de Lei för den Daniel wedder mitnemm för de Peer", sagt Vadder Mück. Er spricht nur Plattdeutsch. Er repariert auch alle Sachen für die Pferde im Dorf.

Melitta weiß am besten, wann der Backofen bereit zum Backen ist. Sie öffnet die Klappe und wirft etwas Mehl in den Ofen. Anschließend wird die Klappe wieder vorgestellt. Melitta erklärt: „Wenn das Mehl sofort verglüht und anfängt brenzlig zu riechen, dann ist der Ofen noch viel zu heiß und wir müssen noch warten. Bräunt das Mehl schön gleichmäßig, dann können wir das Brot schieben. Bleibt das Mehl ganz hell, haben wir den richtigen Zeitpunkt schon verpasst", sagt sie und kichert. Wir schauen alle in den Ofen. Das Mehl ist ziemlich dunkel geworden. Melitta nimmt einen langen Stock, an dem ein Wischlappen befestigt ist, taucht ihn in einen Wassereimer und wischt mit gekonntem Schwung Aschereste und angebranntes Mehl heraus. „Wenn der Teig gut gegangen ist, könnt ihr das Brot schieben", sagt sie noch, dann schlurft sie wieder davon in ihre Küchenecke in der Schusterkate.

Heute schauen Jenny und ich auch beim Schieben zu: Bernd hat heute keine Zeit dazu, deshalb müssen die Mägde aus dem Spiekerhus und dem Harderhof selbst das Brot schieben. Biike hält den hölzernen Schieber nah an das Ofenloch, Angela streut etwas Mehl darauf und kippt mit Schwung die Brote aus den Körben darauf, die Fenja ihr zureicht. Biike schiebt eins nach dem anderen in den Ofen. Wir zählen mit. Zwanzig Zwei-Pfund-Brote fasst der große Ofen. Die Mägde achten darauf, nicht mit den Köpfen zu nah vor die Klappe zu gehen, denn die Luft, die herausströmt, ist immer noch fast 300 Grad heiß. Eins der Brote will nicht richtig aus dem Korb heraus. „Da hat wohl jemand mit Mehl gespart", sagt Biike tadelnd. Die Klappe wird wieder vorgestellt und bald verbreitet sich ein wunderbarer Duft von frischem Brot im ganzen Dorf. Nach dem Roggenbrot werden noch Feinbrote und Kuchen abgebacken, die die Frauen aus dem Dorf herbeibringen. Die meisten lassen sich ihren Butterkuchen gern bei uns mit abbacken. „In eurem Ofen bekommt er immer die schönste Glasur", sagen sie. Als Dank bekommen wir zum Wochenende etwas von den Kuchen ab. Die sind lecker!

36

Unsere Tiere

In unserem Dorf leben sehr viele Tiere. Um die großen Tiere kümmern sich die Erwachsenen. Die Mägde melken die Kühe, Daniel, Maik und die anderen Knechte arbeiten mit den Pferden. Für die kleinen Tiere, die Kaninchen, die Enten und Gänse, die Hühner und die Ziegen müssen wir Kinder sorgen, oder auf jeden Fall dabei helfen. Die Kaninchen sind niedlich und kuschelig, aber sie machen auch sehr viel Dreck und müssen häufig ausgemistet und mit frischem Stroh versorgt werden. Jenny und ich helfen Leonie und Rebecca manchmal dabei, denn sie haben die meisten Kaninchen und sind, genau wie wir, ständig auf Futtersuche mit dem Bollerwagen unterwegs. Sie haben einen großen Hund, der den Bollerwagen ziehen kann, und das macht natürlich Spaß. Carl und Lorenz sollen die Ziegen versorgen und melken. Sie wechseln sich meistens dabei ab. Manchmal sind Malve und Mispel besonders zickig und aufdringlich, wenn man mit dem Futtereimer kommt. Franz, der Ziegenbock, ist auch noch dabei. Deshalb gehen Jenny und ich mit, um den Jungen beim Melken zu helfen, manchmal melken wir auch schon ein bisschen selbst. Dazu muss man eine der Ziegen in den Melkstand locken. „Komm Malve, komm Mispel, wir haben ganz leckeres Futter für euch im Eimer", rufen wir und schütteln den Eimer ordentlich, damit sie die Körner darin hören können. Malve kommt auch meistens brav, aber Mispel rennt oft weg und wir jagen alle hinterher, um sie einzufangen. Endlich ist sie am Melkstand angebunden und fängt an aus dem Futtereimer zu fressen, der direkt unter ihrer Nase hängt. Kaum beginnen wir sie zu melken, tritt sie nach dem Milcheimer und schmeißt ihn um oder stellt ihren Fuß hinein. Einer von uns muss ihr Hinterbein festhalten. Jetzt kommen Franz, Malve und ihre Lämmer und wollen auch aus dem Futtereimer fressen. Ziegen glauben nämlich immer, dass das Futter im anderen Eimer, auf der anderen Seite des Zaunes oder der anderen Seite des Futtertroges

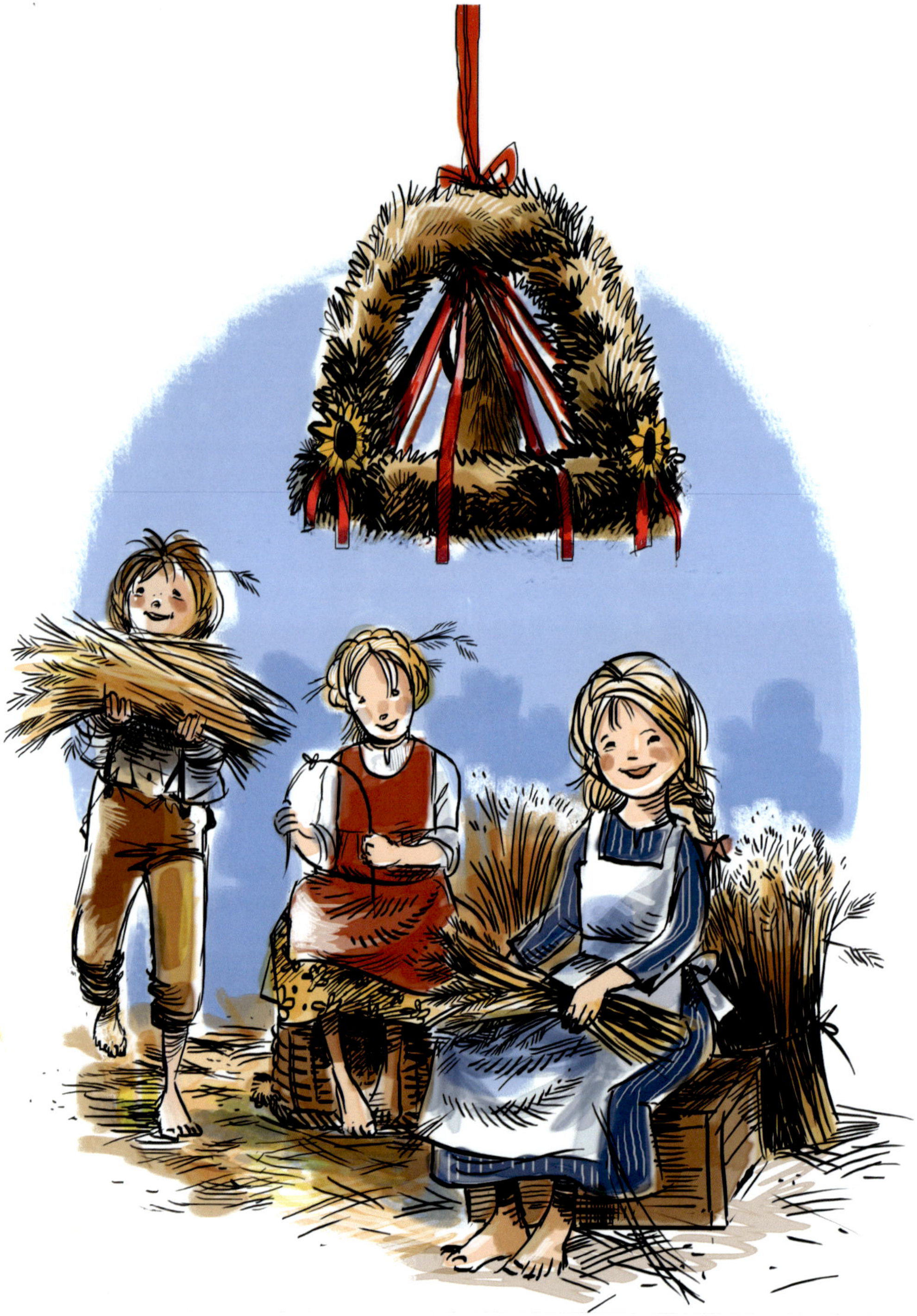

besser schmeckt, als das, was sie gerade zu fressen haben.
Nun müssen wir auch noch die anderen Ziegen von Mispels Futtereimer fernhalten, sonst bockt sie nur und lässt sich nicht melken. Diese Ziegen machen es uns Kindern wirklich nicht leicht.
Vor den Enten haben wir keine Angst, aber vor den Gänsen muss man sich manchmal in Acht nehmen. Besonders wenn die Gänse brüten ist Rudi, unser Ganter, sehr aufgeregt und geht gern allen an die Beine mit seinem großen Schnabel. Wir haben aber auch sonst unsere liebe Not, die Gänse morgens auf die Weide und abends wieder in ihren Stall zu bringen. Die Hühner und Enten füttern wir gern und ihre Küken sind so niedlich und flaumig. Stellt euch einmal vor, was im letzten Jahr passiert ist: Unsere Ente Fiepsi hat im Frühjahr heimlich ihre Eier in einen vergessenen Eimer im Stall gelegt, der halb voll mit Sand war. Jeden Tag eins. Niemand hat etwas davon gemerkt, weil der Eimer in einer ganz düsteren Ecke stand. Erst als Daniel zufällig einmal der Ecke zu nahe kam, machte es von dort erschrocken „Fiep!" Da hatte die Ente sich inzwischen zum Brüten auf den Eimer gesetzt. Wir haben sie dann dort gefüttert und ihr frisches Wasser hingestellt. Nach drei Wochen sind sieben kleine gelbe Entenküken geschlüpft und die Ente hat sie zum Dorfteich geführt. Seitdem heißt sie bei uns Fiepsi Eimerente.

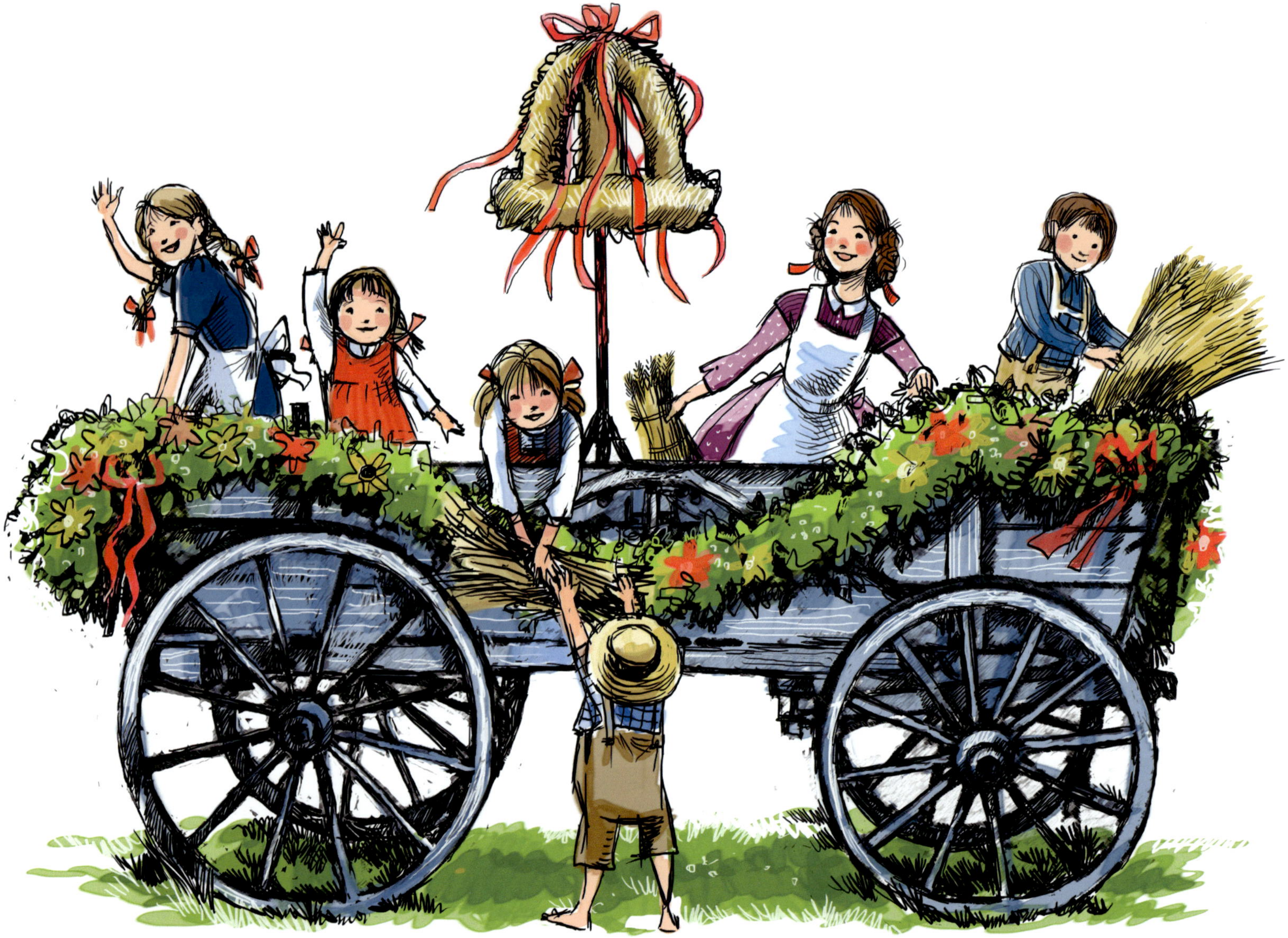

Das Erntedankfest

Das Erntedankfest findet statt, wenn der letzte Wagen mit Getreide eingefahren ist. Dann sind alle sehr froh, dass die schwere Arbeit getan und das Getreide trocken im Hof untergebracht ist. Die Frauen treffen sich, um die Erntekrone für den großen Festtag zu binden. Jenny und ich und unsere Freundinnen dürfen dabei mithelfen. „Damit ihr das lernt", sagen unsere Mütter.

Vorher muss aber Egbert, unser Schmied, ein Gestell für die Krone bauen. Er denkt sich dabei immer mal eine schöne neue Form aus. Am Abend, wenn die Hausarbeit getan ist, treffen sich die Frauen im Harderhof und beginnen mit den Vorbereitungen. Dazu werden Ähren und Rispen von allen Getreidearten kurz abgeschnitten. Es gibt Weizen, Gerste, Roggen und Hafer. Die Krone hat vier Arme und unten herum einen Kranz. Sie hängt schon in der richtigen Höhe von einem der Dachbalken herunter. Eine der Frauen fängt nun an, die zugereichten Ährensträußchen oben an der Krone festzubinden. Jenny, unsere Freundinnen Leonie, Linea, Friederike und ich dürfen die abgeschnittenen Ähren immer zu den kleinen Sträußen zusammensuchen und weitergeben. Das macht Spaß, aber so eine Krone zu binden dauert ziemlich lange. Irgendwann werden wir müde und gehen ins Bett. Am nächsten Morgen ist die Krone fertig und duftet nach frischem Getreide. Zum Festtag wird sie noch mit Bändern und frischen Blumen geschmückt. Endlich ist das Erntefest da! Es ist meistens der erste Sonntag im Oktober, manchmal aber auch der letzte Sonntag im September. Das Wetter ist herrlich, obwohl es vorher schon viel geregnet hatte. Die Wagen, die bei dem Umzug mitfahren, sind schon mit Getreidebunden und Feldfrüchten beladen. Ganz früh am Morgen dürfen wir noch helfen, sie mit frischen Blumen aus den Gärten zu schmücken. Daniel und Egberts Pferdeknecht Maik striegeln die Pferde blitzblank und wir sind schon sehr aufgeregt. Mit den anderen Kindern haben wir unsere Bollerwagen geschmückt. Einige Kinder haben ihre Ziegen vor den Wagen gespannt, andere ziehen ihn selbst. Linea und Leonie haben wieder einmal ihren Hund vorgespannt, der macht das sehr gut. Die große Erntekrone ist auf einem der Wagen befestigt und wird einmal durch das ganze Dorf gefahren, bevor sie in der Großtür zum Spiekerhus hochgezogen wird. Wir laufen alle mit durch das Dorf. Viele Leute schließen sich dem Zug an und alle Gartenpforten, Hecken, Mauern und Zäune sind mit bunten Wimpeln und Schleifen geschmückt. Wir sind so froh über all das Schöne und Bunte, dass wir die ganze Zeit nur lachen.

Zum Hochziehen der Krone sagt immer jemand aus dem Dorf ein Gedicht auf. Danach erzählen Vater, Egbert oder

42

der Bauernvogt dann immer noch etwas über die Ernte in diesem Jahr und dass es ja nicht selbstverständlich ist, dass alle immer genug zu essen auf dem Teller haben und wir froh sein können und so.

Anschließend gibt es Erntebier und Tanz auf der Diele. Bier trinken dürfen wir natürlich noch nicht, aber dafür tanzen wir umso mehr. Nur die Jungen nicht, die genieren sich meistens und laufen lieber schnell zum Ringreiten, das nach dem Umzug auf dem Acker veranstaltet wird. Dabei muss man im Galopp auf einem Pferd reiten und mit einer Holzlanze durch einen Ring stechen. Die Ringe werden bei jedem Durchgang kleiner. Daniel ist meistens der Beste beim Ringreiten, aber manchmal lässt er auch einen anderen Burschen gewinnen, „weil sonst keiner mehr mitmachen will, wenn ich jedes Mal gewinne", sagt er.

Wenn einer herunterfällt, bekommt er einen weichen Stuten in einem Leinensack, damit er beim nächsten Mal weicher fällt, und wer jedes Mal daneben zielt, bekommt eine Flasche Wasser. „Zielwasser, damit es beim nächsten Mal besser klappt", sagt mein Vater. Die drei Besten bekommen schöne Schärpen in Rot, Blau und Gelb. Dann reiten sie alle noch eine Runde durch das Dorf. Beim Schmied bekommen sie alle einen Schnaps und beim Bäcker ein Milchbrötchen. So ist es Brauch bei uns am Erntefest.

Dreschtage

Gedroschen wird bei uns im Herbst und im Winter. Früher haben die Männer das noch mit Dreschflegeln gemacht, aber jetzt kommt immer der große Dreschkasten in die Durchfahrtscheune, vor den Harderhof, oder vor das Spiekerhus. Als Antrieb benutzen die Männer eine Dampfmaschine, die fürchterlich viel Dreck und Krach macht.

Das ist eine sehr schmutzige, staubige und harte Arbeit. Hilfe beim Dreschen bekommt der jeweilige Hof von den Nachbarn, von Lohndreschern und von den „Monarchen". Ihr wisst sicher nicht, was ein Monarch ist? Ein Monarch ist ein König, ein König der Landstraße, also ein Landstreicher. Die tauchen einfach irgendwann auf, z.B. während der Erntezeit oder wenn gedroschen wird, eben immer, wenn es Arbeit gibt. Dann schlafen sie in der Knechtekammer auf Stroh und bekommen auf dem Hof zu essen. Sie haben nicht viele Sachen, nur das, was sie anhaben, und manche von ihnen haben noch ein zweites Hemd. Abends waschen sie sich und ihre Sachen in den schweren Holzeimern am Brunnen. Sie sind lustig und machen Musik auf der Mundharmonika. Genauso plötzlich, wie sie gekommen sind, sind sie auch wieder weg. Manchmal mitten in der Ernte oder beim Dreschen. „Daran muss man sich gewöhnen", sagt mein Vater, „das sind eben unruhige Menschen."

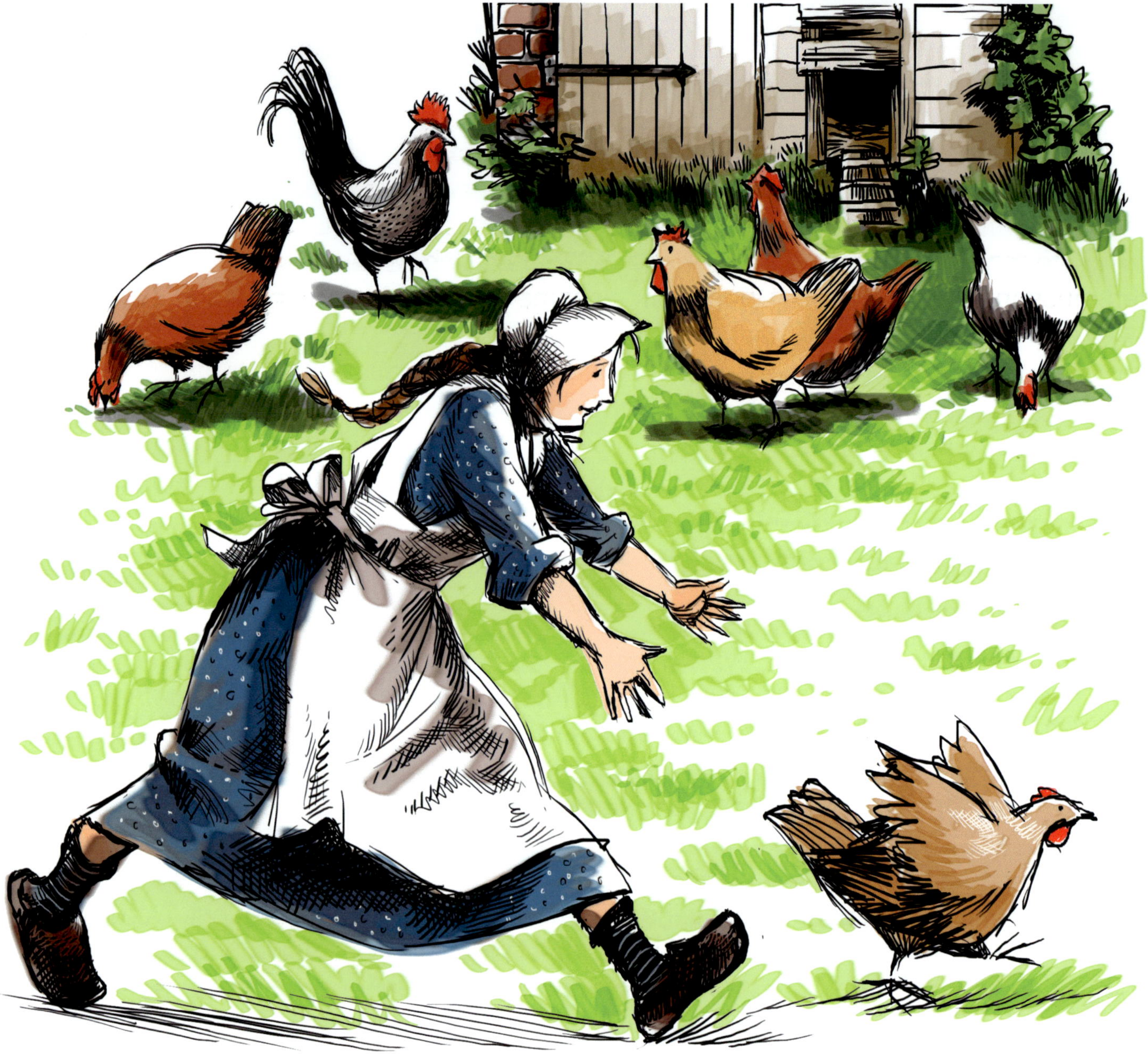

Meine Mutter erzählt: „Als ich jung war und ganz neu auf dem Hof, hatte ich zuerst richtig Angst, dass da nun in der Mittagspause gleich zehn Männer zum Essen kommen sollten. Die waren schwarz wie die Kohlenträger, hatten aber die Hände gewaschen und ordentliche Umgangsformen. Später haben sie mal erzählt, dass sie zu uns immer gern kommen, weil es Braten gibt. Überall sonst gab es immer Hühnersuppe mit Gemüse." „Wenn bei der Ankunft auf dem Hof schnell ein paar Hühner eingefangen wurden, dann wusste man schon Bescheid", sagten die Männer. „Ich hätte mir also gar keine Sorgen machen müssen, mein Braten hat ihnen gut geschmeckt", sagt Mutter und lacht.

Weihnachten und der Altjahresabend

Nun will ich euch erzählen, wie es Weihnachten bei uns zugeht. Weihnachten dürfen wir mal spielen so viel wir wollen und das ist das Schönste daran. Sonst müssen wir ja immer im Haus, auf dem Feld, im Garten und bei den Tieren helfen. Am Vormittag des Weihnachtsfestes dürfen Jenny und ich für unsere Mütter einholen gehen. Bei Erich im Krämerladen gibt es Gewürze und Sachen, die wir auf unseren Bauernhöfen nicht selbst haben. Zu Weihnachten bekommen da alle Kinder einen feinen bunten Bilderbogen mit Bildgeschichten und Anziehpuppen darauf. Manchmal gibt es auch Würfelspiele zum Ausschneiden, die mögen die Jungen am liebsten. „Zeigt mal, was ihr bekommen habt", heißt es dann und alle schauen sich an, was die anderen haben. Das „Gänsespiel" und „Reise um die Welt" spielen wir alle zusammen. Als Gewinne gibt es selbstgepflückte und vor dem Backen gerettete Haselnüsse und andere Schätze, die wir das Jahr über gesammelt und aufbewahrt haben. Jenny und ich mögen am liebsten die Anziehpuppen. Von der Großmutter bekommen wir eine kleine spitze Schere, die sie sonst immer nur zum Nähen braucht. Damit schneiden wir sorgfältig die feinen Figuren, Kleider, Möbel und Spielsachen aus. Die ganzen Weihnachtsferien über können wir damit herrlich spielen und es wird uns niemals langweilig dabei.

Am Abend gibt es dicken Reis mit Kanehl und Zucker. Zur Feier des Tages wird die erste

66

Jede böse That einst rächt sich.

Mettwurst vom letzten Schlachttag angeschnitten. Die gibt es mit Brot und schwarzem Tee. Heute dürfen auch wir Kinder schwarzen Tee mittrinken, denn es ist ja Weihnachtsabend.
Danach gibt es Ochsenaugen, die werden mit Schmalz in der Augenpfanne über dem Feuer gebacken.

Rezept Ossenogen (Ochsenaugen)
100g Margarine;
50g Zucker;
7 Eigelb;
Schale von 1 Zitrone;
Saft ½ Zitrone;
1 Pfund Mehl;
1 Backpulver
zum Schluss 7 Eischnee unterrühren,
dann noch etwas Milch nach Bedarf, der Teig
muss dicker als Pfannkuchenteig sein.
Pflanzenfett (z.B. Palmin) in der Pfanne schmelzen,
1 Esslöffel Teig hinein geben. Wenn der Teig anfängt fest zu werden
vorsichtig mit 2 Gabeln wenden.
Man kann einige Rosinen oder klein geschnittene Äpfel daruntermischen,
oder die Ossenogen nach dem Backen mit Marmelade füllen.

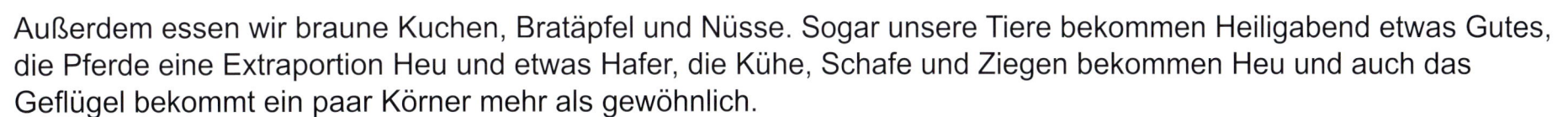

Außerdem essen wir braune Kuchen, Bratäpfel und Nüsse. Sogar unsere Tiere bekommen Heiligabend etwas Gutes, die Pferde eine Extraportion Heu und etwas Hafer, die Kühe, Schafe und Ziegen bekommen Heu und auch das Geflügel bekommt ein paar Körner mehr als gewöhnlich.
Auch am Altjahrsabend essen wir viel. Meine Mutter backt immer große Mengen von Ochsenaugen mit Apfelstückchen darin. Wir dürfen essen so viel wir wollen. Ein paar von den Ochsenaugen nehme ich mit zu Jenny. Ich muss aber aufpassen, dass ich nicht gerade den Altjahresgeistern über den Weg laufe. Das sind Männer, die

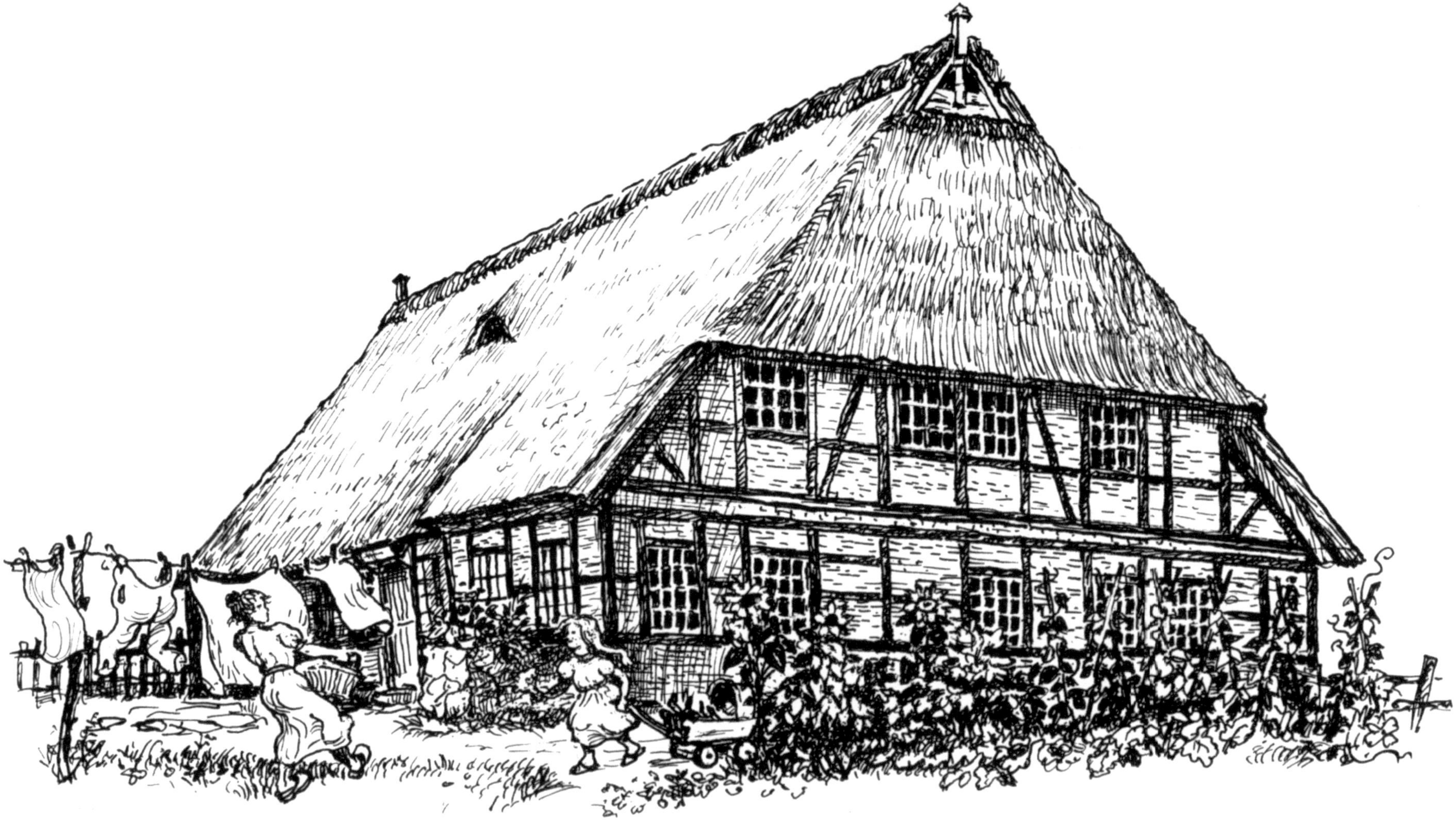

an diesem Abend mit Masken und Verkleidung herumziehen. Sie haben Säcke und einen Rummelpott bei sich und schlagen an die Türen. Wenn wir aufmachen sagen sie einen Bettelvers auf: „Rummel rummel roken, giv mi`n Appelkoken…". Wir werfen ihnen etwas in ihre Säcke und dann ziehen sie weiter. Das ist sehr lustig und wir freuen uns schon immer auf diese Altjahresgeister, aber ein wenig unheimlich ist es auch. Obwohl ich weiß, dass es nur irgendwelche Nachbarn sind, möchte ich ihnen doch nicht allein draußen im Dunkeln begegnen. Noch viel unheimlicher ist aber der Wode, der wilde Jäger. Großmutter Auguste erzählt uns immer wieder davon und warnt uns: „In den Zwölfen, das sind die zwölf Tage zwischen Weihnachten und dem Dreikönigstag, da geht der Wilde Jäger um. Mit seinem Heer braust er durch das Land und wehe dem, der die Regeln nicht befolgt, dem kann es schlimm ergehen!" Kein Brot darf man in diesen Tagen backen, das verdirbt einem nur. „Und denk dran", sagt sie zu meiner Mutter, „dass du keine Wäsche aufhängst und ausleihen darf man in den Zwölfen auch nichts. Gibt man in dieser Zeit etwas weg, so trägt man damit das Glück aus dem Haus und das wollen wir ja alle nicht."

Um Mitternacht zur Jahreswende holen alle Männer, die eine haben, ihre Büchse heraus und schießen das neue Jahr mit Schießpulver ein. Je lauter, desto besser, denn damit wollen sie die Geister des alten Jahres vertreiben. In diesem Jahr dürfen Jenny und ich auch schon bis dahin aufbleiben, weil wir ja jetzt Schulkinder sind. Nach der Knallerei rufen sich alle Nachbarn lauthals „Prost Neujahr!" zu. Dazu legen sie die Hände wie einen Schalltrichter um den Mund, damit es noch etwas lauter zu hören ist. „Prost Neujahr!" so schallt es im ganzen Dorf hin und her und damit fängt ein wieder neues Jahr für unser Dorf an.

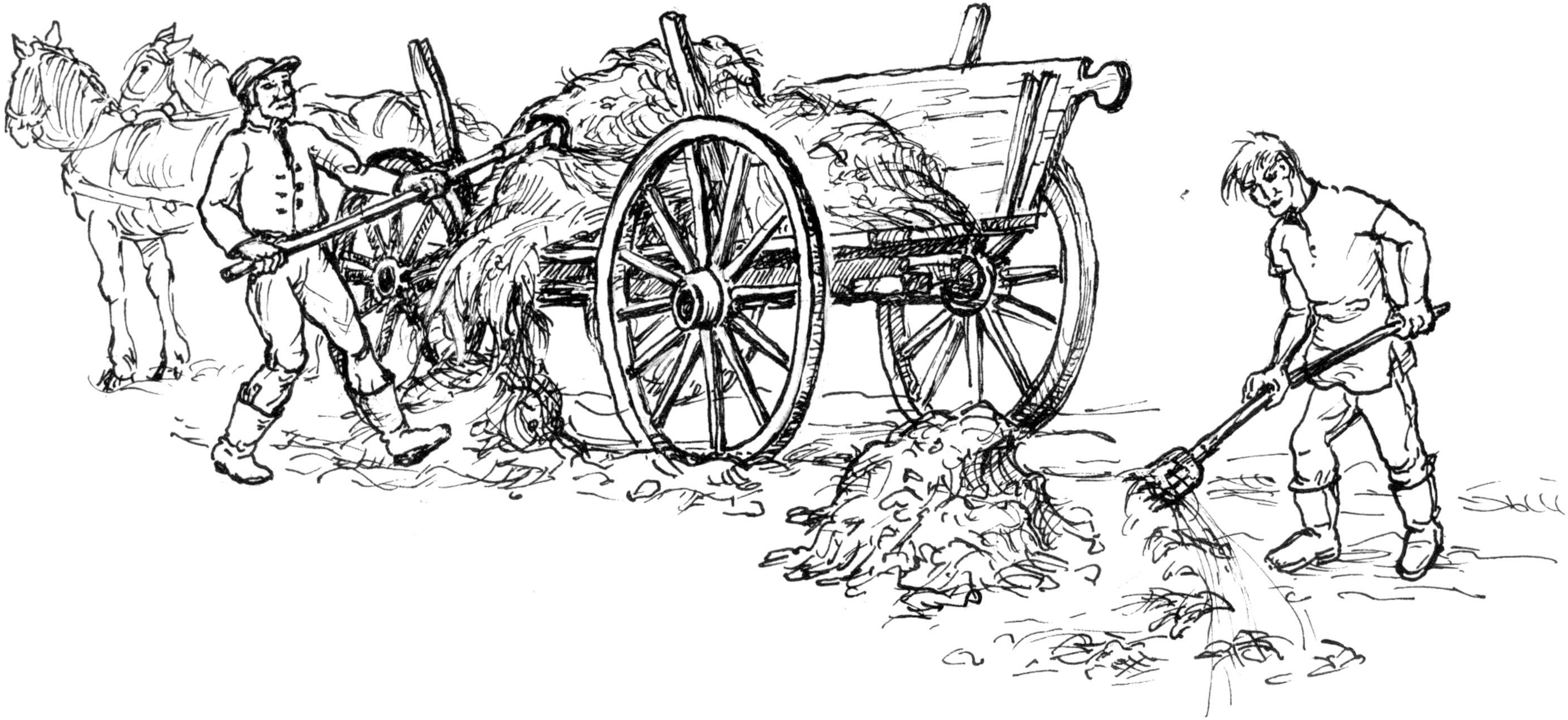

Begriffe

Ackergaul	Arbeitspferd
Altjahrsabend	Sylvester
Backtrog	Teil eines ausgehöhlten Baumstammes für das Teiganrühren und -kneten
Bauernvogt	Bauernanführer und Vertreter gegenüber der Obrigkeit
Blasebalg	Ein Gerät aus Holz und Leder zum Luft pusten
Bodengöpel	Unterflurgöpel, mechanischer Antrieb für verschiedene Gerätschaften
Bollerwagen	Kleiner Wagen mit vier Rädern und einer Stange zum Lenken
Braunteigkniep	Ein hölzernes Gerät um sehr festen Teig zu kneten (Behrmann-Ausstellung, Mühle)
Brotschieber	Holzbrett an langem Stil, um Backwaren in den Ofen zu schieben oder herauszuholen
Buchweizen	Körner einer Knöterichpflanze, die früher in Norddeutschland das Getreide ersetzte
Buttern	Stampfen oder Rühren des Milchrahms. Dadurch teilt er sich in Butter und Buttermilch
Diele	Der große Teil des Bauernhauses, an dem die Tiere untergebracht sind
Diemen	Holzstapel
Donnerbesen	Alter Aberglaube, dass ein Besen in der Fassade vor Thor, dem Donnergott, schützt
Döns	Gute Stube, beheizbarer Raum ohne Rauch
Dreikönigstag	6. Januar, Heilige Drei Könige
Dreschen	Getreidekörner durch mechanische Einwirkung aus den Ähren drücken
Dreschflegel	Ein Handgerät zum Dreschen, das aus einem Griff und einem Schlagholz besteht
Dreschkasten	Ein wagenförmiges Gerät zum Dreschen
Einstreu	Matratze für die Tiere
Feuerstülpe	Großer nach unten offener Metallkorb
Feuerzeug	Ursprünglich Feuerstein und Stahl, die gegeneinander geschlagen Funken geben
Flausen	Dummheiten
Gerste	Getreide, aus dem Malzkaffee gemacht wird
Glasur	Blanke Oberschicht, bei Kuchen aus Butter und geschmolzenem Zucker
Gönnemanns Park	Gelände links der Claus-Ferck-Straße von der Weißen Rose aus gesehen

Griffel	Schreibgerät aus Schiefer
Grütze	Grob gemahlenes Getreide oder Buchweizen
Grützwurst	Wird aus Blut, Fleischstückchen, Grütze und Gewürzen hergestellt
Handspindel	Bis zur Erfindung des Spinnrades und länger zum Spinnen eines Fadens in Benutzung
Herdstelle	Platz zum Feuermachen und Kochen auf offenem Feuer
Holzpantinen	Holzschuhe, -pantoffeln
Hööghus	sich högen = sich vergnügen, das Haus zum Feiern
Immenschuur	Ein kleiner Verschlag, in dem die Bienenkörbe stehen
Jagdwagen	Zu besichtigen in der Durchfahrtscheune
Kanehl	Zimt, Gewürz
Kienspan	Harziger Holzspan für die Beleuchtung
Kökschen	Köchinnen, Dienstboten der Stadtleute
Krüsel	Öllampe
Kutscher	Fahrer von Pferdekutschen
Kutze	Schrankbett, Volksdorfer Ausdruck für Butze, Alkoven
Magd	Dienstmädchen auf dem Bauernhof
Mangold	Gemüse
Melkstand	Hölzerne Vorrichtung um Tiere zu melken
Molle	Flache längliche Holzschalen jeder Größe. Der Hersteller davon heißt Mollenhauer
Ochsenaugen	Runde kleine Kuchenbällchen wie Berliner, auch Pförtchen genannt
Ohlendorffsche Villa	Seit 2013 Kulturhaus in den Walddörfern
Pappelstamm	Daraus wurden früher Holzschuhe, -gefäße, Mehlschaufeln und Mollen hergestellt
Petroleumlampe	Eine Lampe, die mit Petroleum als Brennstoff betrieben wird
Querne	Handmühle für Getreide und Buchweizen
Rehmen	Gerade Wege, die zu den Feldern führen
Reisig	Trockenes (Klein)-Holz
Remise	Im Museumsdorf in der Durchfahrtscheune, auch Wagenschauer genannt
Rummelpott	Topf mit straff übergespannter Schweinsblase

Saal legen	Auf dem Stampflehmboden des Hauses wurde zum Tanzen Holzfußboden ausgelegt
Scheffel	Ein Gefäß, das als Hohlmaß benutzt wird (peuß. 55L), regional sehr unterschiedlich
Schiefertafel	Mit Griffel beschreibbare Tafel aus Schiefer („weiche" Gesteinsart)
Schulgebäude	Heute im Alten Dorfe Schulkate von 1752 mit Restaurant Eulenkrug
Schusterkate	Ehemaliges Arbeiterhaus zum Harderhof, 2013 „Dorfkrug" vom Museumsdorf
Spinnrad	Gerät, mit dem man Wolle und Flachs (Leinen) zu einem Faden spinnen kann
Spinnstube	Beheizbarer Raum (Döns), wo man sich zum Handarbeiten trifft und die Bauern schlafen
Spritzenwagen	Pferde- oder menschengezogener Feuerwehrwagen
Standesamt	Die Standesbeamten kamen auf die Dörfer, um die Leute zu verheiraten, wie jetzt wieder
Stuten	Weicher brotförmiger Kuchen
Torf	Entsteht aus abgestorbenen Torfmoosen, der Abbau ist heute sehr umstritten
Truhe	Kiste mit Deckel zur Aufbewahrung von Kleidung, Wäsche und Futter
Türksche Erbsen	Alte Bohnensorte
Utspann	Ausspann- und Unterbringungsmöglichkeit für Kutschpferde
Vogeldung	Ausscheidung der Vögel, ein guter Dünger
Wilder Jäger, Wode	Wotan=Thor, heidnischer Glaube an alte Götter
Zinnien	Pflanzengattung (Korbblütler)
Zunder	Aus einem Baumschwamm gewonnener Anzünder (Brennt wie Zunder)

Seite 35 Plattdeutschtext
„Sett di daal, dat hebbt wi ja glieks fardig."...„Jaja, un denn kannst ok de Lei för den Daniel wedder mitnemm för de Peer"
Übersetzung:
..."Setz dich hin, das haben wir gleich fertig......Jaja und dann kannst du auch die Leinen (lange Zügel zum Lenken der Pferde beim Fahren) für Daniel wieder mitnehmen für die Pferde.

Ich möchte allen danken, die mir bei der Erstellung dieses Buches geholfen haben:
Dr. Joachim Pohlmann mit dem Layout, Bärbel und Jürgen Fischer und meiner Schwester Nicola Richter bei der Korrektur. Außerdem danke ich denjenigen, die mich zu Inhalten dieses Buches inspiriert haben, posthum besonders meinen Großeltern, meinen Eltern und dem Ehepaar Claus und Annemarie Ferck, von denen viele Erzählungen „von früher" in meine Geschichten eingeflossen sind. Nicht zu vergessen den Mitarbeitern des Museumsdorfes Volksdorf. Manche von ihnen haben die Figuren durch ihr Handeln zum Leben erweckt und ihnen, ebenso wie einige meiner Vorfahren, ihre Namen geliehen.
Wer mehr über die „alten Zeiten" in Volksdorf erfahren möchte, dem empfehle ich als Lektüre „Geliebtes Volksdorf" von Paul Rolle und das Jubiläumsbuch „700 Jahre Volksdorf", beide erschienen im M+K Hansa Verlag, „Lebendiges Museum. Museumsdorf Volksdorf" erschienen bei Bergstedt Saaten und „Bürger trifft Bauer", erschienen beim Spieker e.V. 2013 zum 50-jährigen Jubiläum. Speziell Interessierten empfehle ich einen Besuch in unserer Bibliothek im Spiekerhus. Dort und im Archiv gibt es einen großen Fundus an Büchern und Bildern über die Walddörfer und das „Landleben und die Landtechnik" in früherer Zeit. Praktische Erfahrungen dazu kann man an den vom Museumsverein veranstalteten Fest- und Thementagen zu immer wieder neuen Themen sammeln.

                                                              Karina Beuck

Joanna Hegemann

Die aus Hamburg stammende, 1961 in Kanada geborene und aufgewachsene Zeichnerin arbeitet hauptsächlich für Verlage und die Werbung. Ihr Repertoire umfasst auch Modezeichnungen, Porträts, feine Naturskizzen und Karikaturen bis hin zu zart bemalten Kunst-Eiern. Sie ist Mitglied der Illustratoren Organisation.

www.joannaillustration.com